Passion au Costa Rica

SOPHIE PEMBROKE

Passion au Costa Rica

Traduction française de
VIRGINIE CANTIN

AZUR

HARLEQUIN

Collection : Azur

Titre original :
BABY SURPRISE IN COSTA RICA

HARPERCOLLINS FRANCE
83-85, boulevard Vincent-Auriol, 75646 PARIS CEDEX 13
Service Lectrices — Tél. : 01 45 82 47 47 - www.harlequin.fr
ISBN 978-2-2805-0291-7 — ISSN 0993-4448

Édité par HarperCollins France.
Composition et mise en pages Nord Compo.
Imprimé en avril 2024 par CPI Black Print (Barcelone)
en utilisant 100% d'électricité renouvelable.
Dépôt légal : mai 2024.

FSC
www.fsc.org
MIXTE
Papier issu de sources responsables
FSC® C159065

Pour limiter l'empreinte environnementale de ses livres, HarperCollins France s'engage à n'utiliser que du papier fabriqué à partir de bois provenant de forêts gérées durablement et de manière responsable.

1

En sortant du taxi qu'elle avait pris à l'aéroport, Jenny Bouchard sentit une chaleur étouffante l'envahir, en même temps qu'une peur panique s'emparait d'elle.

Je suis vraiment venue jusqu'ici ? Je suis devenue folle ! Autour d'elle, la jungle vibrait d'animation – le souffle du vent faisait bruisser les feuilles des arbres, ponctué de cris d'oiseaux et de crépitements d'insectes inconnus… En fermant les yeux, elle aurait encore pu se croire dans l'avion, ou même dans son appartement de Los Angeles, écoutant sa playlist « forêt tropicale » pour trouver le sommeil.

Mais elle ne ferma pas les yeux. Au contraire, elle scruta son environnement à la recherche de l'homme qu'elle avait parcouru des milliers de kilomètres pour retrouver.

Ce n'est pas normal, se dit-elle en se retournant lentement. Le complexe hôtelier composé de cabanes dans les arbres qu'elle s'attendait à trouver là n'y était pas !

Pourquoi était-elle surprise ? Ce n'était pas comme si elle ignorait que les hommes ne dispensaient que des promesses qu'ils ne pouvaient pas tenir. En l'occurrence, ce n'était pas à elle que Liam avait promis de faire construire des cabanes dans les arbres, mais à ses investisseurs.

Jenny souleva légèrement le chemisier sans manches qui

lui collait déjà à la peau et réfléchit aux options qui s'offraient à elle. Comme elle s'y employait depuis un mois ou plus, depuis que le troisième test de grossesse avait donné la même réponse que les deux premiers : *positif.*

Tout d'abord, elle avait besoin d'informations supplémentaires. Elle se tourna vers la voiture pour demander au chauffeur s'il était *sûr* que c'était le bon endroit, mais le 4x4 s'éloignait déjà, reprenant la route poussiéreuse en direction de la ville. Affolée, elle le poursuivit sur quelques pas, mais le chauffeur ne se retourna pas, et ne regarda pas non plus dans ses rétroviseurs.

Au moins, il lui avait laissé sa valise, posée près de l'arbre le plus proche. Elle tendit le cou pour scruter la canopée, essayant de déterminer de quelle essence il s'agissait. Elle avait fait quelques recherches sur cette région du Costa Rica, cette portion de forêt tropicale qui longeait la côte caraïbe, se renseignant sur la biodiversité de la région, les moyens de transport, la cuisine – elle n'aimait pas voyager sans préparation.

Malgré toutes ces précautions, la déconvenue était de taille : le luxueux complexe qu'elle était venue visiter n'existait pas.

Le site web, pourtant, était impressionnant, vantant la beauté de ce lieu de retraite isolé où l'on proposait des séances de yoga et de pleine conscience, des excursions vers les cascades voisines ou des tyroliennes dans la forêt tropicale, des restaurants locaux en bord de mer, de la plongée avec tuba, des safaris dans la forêt tropicale...

Bien sûr, elle n'avait pas pu réserver une chambre sur le site Internet, mais elle ne pensait pas en avoir besoin.

Josh et Winter lui avaient dit que Liam se trouvait au Costa Rica, occupé à mettre la dernière main à son complexe hôtelier, et lui avaient montré les images en ligne. Et elle savait, depuis son séjour en Islande avec Liam, qu'il y possédait un hôtel et réservait toujours une ou deux suites pour son usage personnel. Elle s'était donc dit qu'elle serait logée à ses frais – d'autant que son job d'assistante ne lui permettait pas de s'offrir une telle chambre.

Mais il n'y avait aucun signe de la présence de Liam. Et pas non plus de cabanes.

C'est ce qui arrive parfois. Les gens vous laissent tomber.

Comment avait-elle pu l'oublier, ne serait-ce qu'un instant ?

Elle sortit son téléphone portable de sa poche en cherchant qui appeler lorsqu'elle perçut un rire, plus loin sur le chemin qui s'enfonçait dans la forêt tropicale. Un rire familier, s'élevant au-dessus des bruits de la jungle. Un rire qu'elle avait entendu pour la dernière fois dans un lagon privé, en Islande...

Peut-être était-elle au bon endroit, après tout.

Prenant sa valise, Jenny s'engagea plus avant sur la piste, mais ne vit rien qui puisse la rassurer – pas de panneaux « Bienvenue au paradis », ni de cabane d'accueil. Mais elle entendit d'autres voix, d'autres rires, et elle continua d'avancer.

Au détour d'un virage, elle pénétra dans une clairière où régnait une grande effervescence : au milieu des matériaux de construction soigneusement empilés – principalement du bois de différentes essences, des sacs de ciment et des cordes –, un groupe d'hommes s'étaient rassemblés, et ils étaient tous trop absorbés par ce qu'il se passait dans un grand arbre robuste pour la remarquer.

— D'accord, allons-y ! Un, deux... trois !

Elle reconnut la voix de Liam, mais elle ne le voyait toujours pas.

Une fois le compte à rebours terminé, une petite équipe tira sur une corde que Jenny n'avait pas repérée, et quelque chose s'envola du sol vers la voûte des arbres. Elle recula instinctivement, même si elle se tenait à bonne distance, et un sourire étira ses lèvres lorsqu'elle réalisa ce que c'était.

Un pont, fait de cordes et de lattes de bois, menait d'une cime à l'autre. Elle plissa à nouveau les yeux et vit, dans la canopée, ce qui ressemblait à une cabane, visiblement encore en chantier.

Le site web n'avait pas menti, alors. Il était juste un peu... en avance.

Cet endroit allait être extraordinaire, songea-t-elle en admirant le cadre. Totalement différent du Ice House, l'hôtel que Liam avait créé en Islande, mais non moins spectaculaire. Elle comprenait pourquoi Liam était si enthousiasmé par ce projet.

— C'est sécurisé ! cria Liam. Je descends !

En réalisant qu'il serait bientôt là, devant elle, Jenny sentit revenir en force toute l'angoisse qu'elle avait refoulée depuis qu'elle avait atterri au Costa Rica.

Ne pas trouver Liam ici, dans la forêt tropicale, aurait été une mauvaise chose, bien sûr. Mais elle n'était pas convaincue que le retrouver serait plus facile.

Saisissant fermement la poignée de sa valise, les paumes moites, elle se força à se ressaisir. Elle était ici pour délivrer un message, rien de plus, et il s'agissait d'une simple visite de courtoisie. Elle ne connaissait pas très bien Liam, mais elle en savait assez pour comprendre qu'il ne cherchait pas à s'engager dans une relation en ce moment, et encore moins à fonder une famille. Bien sûr, elle n'était pas prête, elle non plus. C'est ce qu'ils s'étaient dit avant de commencer leur... aventure, en Islande.

Elle n'avait pas le sentiment que la nouvelle dont elle était porteuse serait bien accueillie. Mais elle avait l'obligation morale de la partager.

Elle devait parler du bébé à Liam pour pouvoir planifier son avenir et aller de l'avant. Jusqu'à ce qu'il soit informé, tout était en suspens. Incertain. Or Jenny détestait par-dessus tout ne pas savoir, ne pas contrôler la suite des événements.

Elle avait déjà renoncé à tout contrôle en faisant confiance à un homme dont elle se croyait aimée, et cela avait bien failli l'anéantir. Elle n'avait absolument pas l'intention de recommencer.

Jenny pensa à la petite pochette en soie, au fond du sac à dos qu'elle utilisait comme bagage à main, et aux cartes de tarot abîmées et usées qu'il renfermait. Sa grand-mère – qui les lui avait léguées – croyait qu'elles pouvaient montrer le chemin de vie d'une personne si elles étaient lues correctement, ce à quoi Jenny n'avait jamais vraiment cru. Elles n'avaient jamais pu prédire son avenir, en tout cas. Sinon, elle aurait été mieux préparée à la situation présente, ainsi qu'à la longue série de désastres et d'échecs qui l'avaient conduite ici.

Mais elle avait cru sa grand-mère quand celle-ci avait affirmé que les cartes pouvaient expliquer son *présent*. Regarder le tarot et interpréter les images l'aidait à clarifier ses pensées.

Ce n'est pas pour cela que Jenny avait gardé les cartes, mais parce qu'elles étaient l'unique chose qui lui restait de sa grand-mère, seule de toute sa famille à lui être demeurée loyale et à l'avoir toujours aimée inconditionnellement.

Dans l'avion, elle avait retourné les trois premières cartes sur sa tablette.

Le passé, le présent et le futur, aurait dit sa grand-mère, mais hélas, cette fois, les cartes ne lui avaient rien appris qu'elle ne sut déjà.

Elle posa la main sur son ventre. Ce n'était pas comme si elle avait eu son mot à dire pour savoir si elle était prête ou non !

Elle se rappela soudain que la dernière carte, celle de

l'avenir, affichait la Roue de Fortune. Un rappel de l'imprévisibilité de l'existence – une notion qui ne lui était pas étrangère, loin de là.

La carte du milieu, qui représentait le présent, était le Cavalier de bâton. La carte dont sa grand-mère lui avait dit qu'elle était la plus *coquine* du tarot. Jenny n'avait pas compris pourquoi alors, mais plus tard elle avait réalisé à quel point cette carte était sexy. Elle symbolisait l'alchimie entre deux êtres, l'attirance, l'élan que l'on éprouvait envers une personne dont on aurait pourtant dû s'éloigner, mais à laquelle on ne pouvait pas résister…

En fait, tout ce que Liam avait été pour elle depuis qu'elle l'avait rencontré, il y avait près de trois mois.

Et d'un moment à l'autre, elle allait le revoir…

Pendant qu'elle regardait en l'air, une silhouette descendit de l'arbre par une échelle de corde. Elle reconnut son corps avant son visage : son dos, puis sa poitrine, quand il se tourna, lui étaient si familiers ! Mais ils étaient plus bronzés que dans son souvenir, et brillants de sueur… Jenny sentit sa bouche s'assécher.

Lorsqu'il leva vers elle ses yeux bleus et l'aperçut, à l'autre bout de la clairière, elle se figea…

Le regard rivé sur la jeune femme qui venait de faire son apparition en pleine forêt tropicale, Liam Delaney se demanda s'il n'était pas victime d'une hallucination. Il avait travaillé dur ces dernières semaines, et il n'aurait pas été étonné que son cerveau surmené lui joue des tours.

Ou alors, Jenny Bouchard – la femme qui hantait ses rêves depuis leur brève aventure, en Islande – avait traversé la moitié de la planète pour le revoir…

Ses cheveux blonds étaient coiffés en une queue-de-cheval haute qui révélait son joli cou, et elle portait un chemisier sans manches et un short kaki avec des baskets.

Elle avait pourtant l'air bien réelle, songea-t-il. Dans ses rêves, elle était beaucoup moins vêtue, et plus souriante.

Il ferma un instant les yeux, les rouvrit : c'était bien elle !

Comme les ouvriers lui demandaient ce qu'ils devaient faire désormais, il leur adressa un léger signe de la main et leur annonça qu'ils pouvaient rentrer chez eux. La journée était presque terminée de toute façon, et ils méritaient tous de finir tôt. Ses paroles furent accueillies par des exclamations enthousiastes.

Tandis qu'ils rangeaient leur matériel, il se dirigea vers Jenny, qui ne l'avait pas quitté des yeux.

— Tu sais, quand Josh m'a dit que tu étais ici pour préparer l'ouverture de ton prochain hôtel, je m'attendais à ce que l'endroit soit déjà construit ! lança-t-elle en guise de salut.

— J'aime suivre mes projets de A à Z, répliqua-t-il.

Il s'arrêta devant elle et laissa son regard errer sur la courbe de son cou, ses seins qu'on devinait sous son chemisier fin, et qu'il avait si souvent revus en rêve…

— Je comprends…

Sa voix s'était radoucie, et Liam vit briller une lueur amusée dans ses yeux.

Le jour où ils s'étaient rencontrés, en Islande, elle avait réussi à le convaincre de porter ses bagages et de lui montrer la suite qu'elle partageait avec Winter. Il avait tout de suite su qu'il ferait tout ce que cette femme voudrait pendant la durée de son séjour dans son hôtel. La connexion, l'alchimie entre eux avait été évidente et instantanée.

Et lorsqu'il avait croisé son regard en quittant la chambre, peu après, il avait compris à l'expression troublée de son visage qu'elle ressentait la même chose que lui et en était surprise elle aussi.

Et voilà qu'elle le surprenait à nouveau en débarquant ici à l'improviste ! Il espérait qu'elle n'avait pas l'intention de lui faire une grande déclaration, car ils avaient tous deux été très clairs sur la signification de leur semaine en Islande : du bon temps et rien de plus.

Il n'était pas à la recherche d'une relation suivie.

Son inquiétude dut se lire sur son visage, car Jenny lui jeta un sourire narquois.

— Tu es inquiet à l'idée que je sois venue pour te jurer un amour éternel et te demander en mariage ?

— Un peu...

Elle éclata de rire, et il se rendit compte à quel point elle lui avait manqué. Elle ne rirait pas comme ça si elle était là pour autre chose que pour... partager quelques moments de plaisir avec lui, n'est-ce pas ?

— Alors, qu'est-ce qui t'amène dans la forêt tropicale ? demanda-t-il d'un ton qu'il espérait décontracté. Si ce n'est pas ton impossibilité soudaine de vivre sans moi ?

Elle haussa les épaules et, de nouveau, il devina ses seins sous le tissu léger.

— J'ai une semaine de congé. Alors quand Josh m'a appris que tu vivais dans ce merveilleux pays où il fait toujours chaud, je me suis dit que...

Il étudia son visage, et vit briller une étrange lueur dans ses yeux, qu'elle baissa aussitôt. De l'inquiétude ? Lui cachait-elle quelque chose ? Était-elle vraiment venue pour le voir, ou y avait-il une autre raison à cette visite ?

Ce n'est pas mon problème.

Il n'était pas son petit ami, ni son frère – Dieu merci ! Juste un homme avec qui elle avait vécu une brève histoire...

essentiellement sensuelle. Pour sa part, il avait trouvé ça fantastique, et sa présence était sans doute la preuve qu'elle partageait son opinion.

Quel que soit le problème qui l'amenait ici, il n'était pas en mesure de le résoudre. Mais il pouvait lui offrir une brève aventure et, par la même occasion, s'accorder une semaine de détente bien méritée. Son équipe serait capable de se passer de lui pendant quelques jours, il en était sûr.

Peut-être ce temps passé en compagnie de Jenny l'aiderait-il à ne plus rêver d'elle toutes les nuits ? Leur aventure islandaise avait été quelque peu écourtée, car elle avait dû repartir assez vite à Los Angeles avec Winter et Josh. En fin de compte, ils n'avaient pas passé beaucoup de temps ensemble, durant cette semaine, chacun vaquant à ses occupations – et s'efforçant de réconcilier chacun à sa manière Josh, son meilleur ami, et Winter, la patronne de Jenny.

Mais Winter et Josh n'étaient plus là. Il n'y avait plus qu'eux deux, au milieu de cette forêt tropicale. Il aurait fallu être vraiment stupide pour ne pas profiter de la situation !

— Comme tu l'as remarqué, le complexe hôtelier n'est pas encore achevé, ni ouvert au public. Mais heureusement pour toi, il y a une cabane dans laquelle tu pourras loger si tu le souhaites.

Il s'approcha d'elle et lui murmura à l'oreille :

— La mienne...

2

La cabane de Liam était bâtie un peu plus loin dans la forêt. Jenny supposa que c'était pour avoir un peu d'intimité une fois l'hôtel construit. En Islande, elle avait remarqué que cela comptait beaucoup pour lui.

Elle aurait sans doute dû penser à son logement avant de débarquer ici à l'improviste. Mais si elle l'avait prévenu de sa venue, il aurait peut-être tenté de la dissuader, or la nouvelle dont elle était porteuse ne pouvait pas s'annoncer au téléphone.

D'ailleurs, elle allait devoir réfléchir à la manière d'amener le sujet. Dès qu'elle avait vu ce sourire prudent sur ses lèvres, elle avait senti son courage faiblir : il craignait qu'elle soit là pour lui demander de *s'engager.*

Ce qui n'était pas le cas, du moins pas tout à fait. Alors qu'elle le suivait sur la piste qui menait à sa cabane, Jenny s'efforça de détourner le regard de son dos nu et de ses fesses musclées pour se concentrer sur son objectif : annoncer à Liam qu'il allait être père et lui demander s'il souhaitait s'impliquer dans la vie de l'enfant.

Elle s'attendait à un refus. Liam ne lui avait jamais donné l'impression qu'il voulait d'elle autre chose que quelques nuits de plaisir – et c'était tout ce qu'elle avait désiré, elle aussi.

Mais il semblait que le destin en avait décidé autrement, et maintenant il fallait faire face.

La seule question était de savoir comment. Elle avait conscience qu'elle devait donner à Liam une chance de s'impliquer mais, honnêtement, elle espérait presque qu'il refuserait. Ainsi, elle pourrait décider seule de son avenir et maîtriser la suite des événements.

Il valait mieux, d'ailleurs, qu'il dise non maintenant et ne rencontre jamais cet enfant, plutôt que de s'éloigner plus tard, une fois que celui-ci lui serait attaché.

Jenny, elle-même abandonnée par ses propres parents au moment où elle avait eu le plus besoin d'eux, refusait de faire subir cela à son enfant.

— Nous y voilà...

Liam s'arrêta au pied d'un très grand arbre, et il fallut un moment à Jenny pour voir l'escalier qui grimpait sur le tronc. Elle recula, les yeux levés vers la cime.

— Oh...

L'étroit escalier en colimaçon était en bois, mais sa rampe était faite de racines et de cordes entrelacées de feuillage pour mieux le dissimuler. Elle aperçut la cabane, une grande structure nichée entre cet arbre et son plus proche voisin, un peu moins haut.

Si elle n'avait pas regardé en l'air, elle aurait pu traverser la forêt tropicale sans jamais se rendre compte de la présence de cette maison, tant elle était bien camouflée dans son environnement.

Elle se détendit un peu quand Liam lui sourit.

— On monte ?

Agrippée à la rampe, elle le suivit dans l'escalier, curieuse de découvrir son refuge. En Islande, l'hôtel qu'il avait bâti était à la pointe du progrès : ascenseurs et escaliers en verre, style scandinave moderne et épuré dans les chambres, et luxe discret... Les autres établissements qu'il gérait, aux États-Unis et à l'étranger, recevaient eux aussi une clientèle fortunée, qu'elle avait du mal à s'imaginer au beau milieu de la jungle costaricaine.

En entrant dans la cabane, elle comprit tout de suite qu'elle se trompait.

Comme l'hôtel islandais, qui se fondait dans le ciel gris et le paysage de neige environnants, cette cabane était de grand standing et parfaitement intégrée à la nature sauvage. La pièce principale, suspendue entre deux arbres gigantesques, comprenait un espace cuisine-salle à manger étonnamment haut de plafond. L'ameublement, sobre mais d'un grand raffinement, mêlait canapés moelleux et tapis épais, le tout dans des tons d'ocre et de sable.

Les étagères de la cuisine étaient garnies de vaisselle en céramique locale, et tous les appareils électriques, comme le lave-vaisselle et le réfrigérateur, étaient cachés derrière des portes en bois clair.

La vue était merveilleuse, et chaque ouverture donnait sur une terrasse qui courait tout autour de la cabane, donnant l'impression d'être en contact permanent avec la nature luxuriante.

Sans un mot, elle se glissa à l'extérieur et s'accouda à la rambarde. Elle sentait sous sa peau les nœuds et le grain du bois. De là-haut, dans la canopée, elle avait l'impression de faire partie du monde des oiseaux et des animaux qui peuplaient la forêt tropicale. Leurs cris, mêlés au bruissement des feuilles, procuraient un merveilleux sentiment de paix.

Elle se tourna vers lui et lui sourit.

— C'est magnifique.

Puis elle se rendit compte que ce compliment aurait tout aussi bien pu s'appliquer à lui qu'à la cabane.

Il était toujours torse nu, et son récent bronzage soulignait sa musculature. Soudain, Jenny se rappela la sensation de sa peau sous ses doigts…

Elle baissa les yeux, honteuse de s'être laissée aller à le scruter ainsi, mais à en croire le sourire qu'elle aperçut sur son visage, il était moins gêné qu'elle.

Elle désigna la canopée.

— Ici, on a l'impression de faire partie de la forêt.

— C'est ce que je voulais.

Quand il s'approcha d'elle, elle sentit un frisson parcourir tout son corps.

— Et si tu aimes t'immerger dans le paysage, je te conseille la douche tropicale, en plein air… Elle est géniale !

— C'est vrai ? J'ai hâte de l'essayer ! Le voyage a été long. Mais toi d'abord ! Après cette dure journée de travail, tu dois en avoir très envie.

Liam baissa les yeux sur son torse couvert de poussière et de sueur.

— Tu as peut-être raison. Mais nous nous efforçons de respecter les normes de l'écotourisme ici, alors j'essaie d'économiser l'eau…

Elle devait lui parler du test de grossesse. Du bébé. De la paternité, se rappela-t-elle soudain. Mais dès qu'elle aurait lâché sa bombe, l'ambiance changerait, et elle n'était pas prête pour cela. Pas encore.

Était-ce si mal de vouloir passer juste une soirée de plus avec Liam Delaney ? En toute intimité ?

Peut-être. Mais elle le ferait quand même.

Jenny se tourna vers lui.

— Je ne vois qu'une seule solution, alors : partager.

La prochaine fois qu'il construirait une nouvelle suite dans un de ses complexes hôteliers, se promit Liam, une douche pour deux serait sa priorité.

Non que celle qu'il avait installée dans la salle d'eau à ciel ouvert de la cabane ait quoi que ce soit à envier aux autres, avec son large pommeau qui donnait l'impression de se trouver sous une pluie tropicale. Et en cet instant, avec le corps nu de Jenny pressé contre lui, il ne pensait pas vraiment à se laver…

Jenny passa un gant de toilette sur ses épaules, puis y posa sa bouche quand le savon eut disparu. Il retint un soupir lorsqu'elle atteignit la zone sensible, juste sous la clavicule… Il croyait se rappeler à quel point elle était douée pour cela, mais la réalité dépassait ses souvenirs les plus torrides…

Toutes les inquiétudes concernant l'objet de sa visite avaient disparu dès qu'elle avait accepté de partager une douche. C'était pour cela qu'elle était venue. Parce qu'ils étaient très bien ensemble, et que la simple sensation de son corps contre le sien suffisait à le mettre au supplice…

Cela faisait des semaines, des mois même, qu'il rêvait d'elle, et même s'il appréciait ces préliminaires, il avait du mal à contenir son impatience.

Soudain, il l'attrapa par la taille, la fit pivoter contre la paroi et l'embrassa à pleine bouche, avant de glisser les lèvres dans son cou.

— Cette douche n'est vraiment pas assez grande pour…

— Je pense que nous sommes assez propres maintenant, tu ne crois pas ?

— Pas sûr…

Il embrassa ses seins, son ventre, puis descendit plus bas. Lorsqu'il glissa la langue au cœur de sa féminité, elle laissa échapper un cri de plaisir, et il la sentit se tendre entre ses bras. Elle réagissait à la moindre de ses caresses, et il ne lui fallut pas longtemps pour l'amener au bord du gouffre…

Il s'écarta doucement d'elle, puis coupa l'eau et attrapa une serviette moelleuse. Il ne prit pas la peine de s'en envelopper, mais il la posa sur les épaules de Jenny, avant de l'entraîner vers la chambre.

Plus tard, il lui montrerait la vue depuis la grande baie vitrée, songea-t-il, mais pour l'instant il ne voulait plus qu'une chose : se perdre de nouveau en elle.

Quand ils furent tous deux allongés sur le lit, il prit tout de même le temps d'admirer son corps souple, sa peau diaphane, et sa magnifique chevelure blonde étalée sur l'oreiller.

Comme il tendait la main vers la table de chevet pour prendre un préservatif, il sentit Jenny se raidir tout contre lui, mais il décida de ne pas poser de questions. Si elle s'inquiétait de savoir avec qui il avait été depuis elle, il chasserait bientôt son inquiétude : il n'y avait eu personne. Il avait bien trop rêvé d'elle pour en désirer une autre…

La bouche dans son cou, il murmura :

— Tu m'as manqué, tu sais.

En guise de réponse, elle le guida en elle, et tout à coup, plus rien ne compta que leurs deux corps enfin réunis.

Dès qu'il l'eut pénétrée, Liam sut que cette étreinte serait brève, car ni l'un ni l'autre n'avaient la patience de laisser venir le plaisir.

Très vite en effet, il accéléra ses va-et-vient tandis qu'elle se cambrait pour mieux s'offrir à lui. Pourtant, il s'efforça de se retenir, jusqu'à ce qu'elle laisse échapper un long soupir, submergée par une déferlante qui les emporta tous deux…

Ils jouirent dans un même cri puis, après un long et délicieux silence, il dit, nonchalamment appuyé sur un coude :

— Je ne sais pas ce qui t'a poussée à venir jusqu'ici, mais je suis très content que tu l'aies fait.

Il caressa doucement son dos, et la sentit se crisper sous ses doigts. Son visage était tendu lui aussi, et elle lui jeta un regard embarrassé.

— Jenny... Que se passe-t-il ?

Comme elle gardait le silence. Il insista.

— Veux-tu me dire pourquoi tu es venue au Costa Rica ? Donne-moi la vraie raison, cette fois.

Elle détourna le regard et, d'un geste instinctif, posa la main sur son ventre.

— Parce que je suis enceinte, dit-elle en levant enfin les yeux vers lui. Et que tu es le père.

3

Elle n'aurait pas dû venir. Elle savait exactement comment cela allait se passer. Elle avait répété cette conversation dans sa tête de nombreuses fois...

Tu es sûre ? demandait-il.

Liam n'était certes pas fait pour le mariage, les bébés et le bonheur, mais il n'était pas non plus le genre d'homme à fuir ses responsabilités.

Qu'est-ce que tu veux faire ? ajoutait-il.

Je veux le garder, répondait-elle, *et si tu n'es pas d'accord, je serai heureuse de l'élever seule. Je sais qu'aucun de nous n'avait prévu cela et je ne suis pas ici pour te faire des reproches ni exiger quoi que ce soit. Il s'agit d'une visite de courtoisie, pour t'en informer, afin que tu puisses t'impliquer si tu le souhaites. Sinon, je m'en irai, et tu n'entendras plus parler de moi...*

Elle avait répété ce rôle encore et encore devant son miroir jusqu'à ce qu'elle puisse prononcer ces mots sans que sa voix ne vacille. Faire cavalier seul était effrayant, indéniablement. Mais cela lui était déjà arrivé, elle avait recommencé sa vie sans personne à ses côtés. Elle pouvait le faire à nouveau.

Et puis il valait mieux affronter seul l'existence que d'être déçu par ceux à qui on avait trop vite accordé sa confiance, et qui finissaient par vous décevoir. Elle avait cru en un homme qu'elle avait aimé auparavant. Elle avait cru que sa famille l'aimerait toujours, quoi qu'il arrive. Mais elle s'était trompée, et elle n'avait pas l'intention de commettre la même erreur une nouvelle fois…

Dans son scénario, Liam réfléchissait. Peut-être demandait-il un peu de temps pour cela, et elle le lui accordait gracieusement.

Je ne suis pas fait pour être père, finissait-il par dire. *Je ne peux pas m'engager…*

Au bout d'un moment qui lui parut une éternité, Liam cligna des yeux, visiblement sous le choc, puis roula hors du lit et disparut sans un mot dans la salle de bains.

Se souvenant qu'elle y avait laissé ses affaires, Jenny se leva et ouvrit le tiroir d'une commode où elle trouva un T-shirt blanc et un caleçon gris. Elle s'habilla à la hâte, persuadée qu'ainsi elle serait mieux préparée pour faire face à Liam, et mener une conversation qui s'annonçait difficile.

Lorsqu'il émergea de nouveau, il avait une serviette enroulée autour de la taille et les cheveux humides. Il lui jeta un bref coup d'œil, et elle vit sa mâchoire se crisper légèrement quand il réalisa qu'elle lui avait chipé ses vêtements. Mais il resta muet et se tourna vers elle.

Le silence qui s'éternisait la mettait mal à l'aise. Elle essaya désespérément de se souvenir de son discours bien rodé, mais les mots lui échappaient.

— Je voulais te le dire avant, s'entendit-elle affirmer. Je voulais te le dire *en arrivant*. Mais je crois que je me suis un peu laissé emporter par le moment et…

Il la coupa d'un rire dur.

— Nous avons été prudents, pourtant, énonça-t-il d'un air pensif. En Islande. Nous avons pris nos précautions.

— En effet. Mais aucun contraceptif n'est infaillible, tu le sais bien.

Il hocha la tête.

— Oui. Je ne te demanderai pas si tu es sûre que cet enfant est le mien. Je ne veux pas me montrer insultant, et je sais que tu ne serais pas ici si ce n'était pas le cas.

Elle acquiesça. Une partie au moins de leur échange se déroulait comme prévu. Elle ne s'était pas complètement trompée sur son compte, après tout.

— Et tu désires le garder, je suppose, poursuivit-il. Sinon, pourquoi aurais-tu pris la peine de me retrouver ?

— Oui.

— Alors... Qu'est-ce que tu attends de moi, exactement ?

Il y avait dans la voix de Liam une froideur qu'elle n'aimait pas. Elle prit une profonde inspiration et se força à se concentrer sur les mots qu'elle avait répétés. Une fois qu'elle les aurait prononcés, elle pourrait prendre le prochain avion en partance pour Los Angeles, où elle retrouverait son travail et sa vie.

Elle devrait trouver un moyen de dire à Winter qu'elle était tombée enceinte du meilleur ami de son mari... Mais ce serait pour plus tard. Il lui restait une étape à franchir avant ça.

— Tu as raison, je désire garder ce bébé. Et si tu n'es pas d'accord, je serai heureuse de l'élever seule. Je sais qu'aucun de nous n'avait prévu cela et je ne suis pas ici pour te faire des reproches ni exiger quoi que ce soit. Il s'agit d'une visite de courtoisie, pour t'en informer, afin que tu puisses t'impliquer si tu le souhaites. Sinon, je m'en irai, et tu n'entendras plus parler de moi...

Voilà. Elle l'avait dit.

Il ne lui restait plus qu'à ne pas oublier de respirer en attendant sa réponse.

Liam la regardait fixement, l'esprit en déroute, en s'efforçant de bien saisir le sens de ses paroles.

« Sinon, je m'en irai, et tu n'entendras plus parler de moi... »

Il devait accepter, il le savait. Participer financièrement à l'éducation de cet enfant mais renoncer à jouer son rôle de père. C'était le plus simple. Le plus raisonnable, aussi.

C'était peu dire qu'aucun d'eux n'avait prévu cela. C'était même tout le contraire de ce qu'il avait envisagé après que son monde se fut effondré, le laissant dans un désarroi et un chagrin immenses.

C'était il y a cinq ans déjà, et l'accident avait fait le tour de la planète. On en avait parlé dans les journaux, et des photos avaient été largement diffusées sur Internet. Tout le monde savait que Liam avait eu de la chance de s'en sortir indemne. Une chance que sa petite amie, au volant de la voiture, n'avait pas eue...

Mais ce que tous ignoraient, c'est qu'elle était enceinte au moment de l'accident. Et que Liam n'avait pas seulement perdu son amour, mais aussi son avenir, ce jour-là...

Ils ignoraient également que c'était sa faute.

Jenny ne pouvait pas savoir tout cela. Même Josh n'était pas au courant de tout, et Liam lui faisait suffisamment confiance pour ne pas avoir partagé ces terribles souvenirs avec qui que ce soit.

Mais Jenny savait qu'il s'était éloigné d'Hollywood après le drame, et avait même probablement entendu dire qu'il avait lutté contre la dépression... avant de remonter péniblement la pente et de reprendre une activité professionnelle, loin des studios.

Il rassembla ses pensées, puis s'efforça de prendre un ton détaché pour demander :

— Si tu n'es venue ici que par courtoisie, pour me faire part de cette nouvelle, alors pourquoi... avoir couché avec moi ?

Si elle avait espéré utiliser le sexe pour le manipuler, elle en serait pour ses frais... et lui se serait lourdement trompé sur son compte.

— Je te l'ai dit. Je me suis... emportée. Je n'avais pas l'intention de...

— Je comprends, coupa-t-il.

À quoi bon en entendre davantage ? Après tout, cela ne changerait rien. Depuis l'accident, il avait établi certaines règles. Des règles de vie qu'il ne partageait avec personne, mais suivait scrupuleusement. C'était une question de survie.

Et la règle numéro un était de ne plus jamais s'attacher à quelque chose ou quelqu'un qui pourrait lui être brutalement enlevé.

S'il violait cette règle... alors il ne voulait pas imaginer ce qu'il se passerait.

Car la perte immense qu'il avait subie avait laissé en lui un vide béant, et avait bien failli le tuer. Il ne survivrait pas à un nouveau deuil, à un nouveau chagrin. Et pour éviter cela, le mieux était encore de s'interdire d'aimer.

C'était aussi simple que cela et, pendant cinq ans, il n'avait eu aucun mal à respecter cette règle. Il était toujours franc avec ses partenaires, et ne faisait jamais de promesses.

Sa rencontre avec Jenny avait été une surprise – une bonne surprise. Car elle lui avait offert davantage qu'une simple distraction. Avec elle, il avait enfin pu satisfaire ses désirs sensuels sans aucune retenue, sans aucune contrainte... tout en sachant qu'elle disparaîtrait une fois la semaine achevée.

Oui, avec elle tout avait été parfait, jusqu'à leurs adieux amicaux, au moment où elle était partie pour l'aéroport. Ils savaient tous les deux qu'ils avaient de fortes chances de se revoir – elle travaillait pour la femme de son meilleur ami, après tout – mais qu'il n'y aurait entre eux ni faux espoirs, ni obligation.

Bref, aucun risque.

Mais l'annonce de cette grossesse et l'arrivée proche de ce bébé dans la vie de Jenny, dans *sa* vie, changeaient tout.

Qu'est-ce qu'il était censé faire, maintenant ?

4

De toute évidence, venir au Costa Rica avait été une erreur. Craquer à nouveau pour Liam aussi. Oui, tout cela n'avait été qu'une grossière erreur.

Pourquoi donc avait-elle cru, ne fût-ce qu'un instant, qu'il apprécierait qu'elle ait fait tout ce chemin pour lui annoncer sa future paternité ?

Si elle lui avait avoué qu'elle était venue pour le sexe, il ne s'en serait pas plaint, bien sûr, mais pour faire son devoir et lui parler du bébé…

D'après l'expression de son visage, il n'en était pas le moins du monde reconnaissant.

Elle se leva et se dirigea vers la salle de bains pour récupérer ses vêtements.

— Je… vais y aller, dit-elle. Si je retourne directement à l'aéroport, je pense que je pourrai prendre un vol pour Los Angeles ce soir.

Elle n'avait aucune certitude à ce sujet, mais elle préférait dormir sur une des chaises en plastique de l'aéroport plutôt que de rester un instant de plus avec *lui* dans cette cabane ridiculement luxueuse.

Elle s'attendait à ce qu'il la laisse tomber, mais pas à ce que ça fasse aussi mal.

— Attends…

Il se posta sur le seuil de la salle de bains, lui bloquant le passage.

— Je n'ai pas dit que… J'ai juste… J'ai besoin de temps pour réfléchir.

— Pour réfléchir au moyen de m'annoncer que tu ne veux rien avoir à faire avec ça, tu veux dire ?

Oui, c'était bien ça. Et elle était furieuse contre elle-même de s'être laissée aller à penser, même brièvement, qu'il pourrait désirer autre chose.

Il passa une main dans ses cheveux noirs encore plus en bataille que d'habitude.

— Tu as eu… combien de temps pour y penser ?

— Un mois, admit-elle. Peut-être six semaines.

— Et tu as eu besoin de ce délai pour mettre de l'ordre dans tes idées avant de venir me voir, n'est-ce pas ?

Elle acquiesça.

— Je suppose, oui…

Il lui saisit doucement les poignets et planta ses yeux dans les siens.

— Je ne demande pas un mois, Jenny. C'est juste que… Je n'arrive pas à réfléchir correctement en ce moment. Et j'ai besoin d'avoir les idées claires pour comprendre ce qui va se passer ensuite.

— Je vois…

Elle se libéra et s'éloigna en direction de la fenêtre pour inspirer la brise tiède.

Il ne la mettait pas à la porte. Il n'exigeait pas de ne plus jamais la revoir, elle ou le bébé. Il avait juste besoin d'un peu de temps, et elle pouvait lui accorder cela, jusqu'à un certain point. Après tout, les bébés avaient leur propre agenda. Et avant de rentrer à Los Angeles, il fallait qu'elle sache où elle en était avec lui. Et quelles étaient ses attentes, s'il en avait.

— Je peux te donner une semaine, dit-elle. Après cela, je devrai retourner travailler à Los Angeles. Et j'ai besoin de temps avant l'arrivée du bébé pour réfléchir à ce que je vais faire ensuite.

Liam hocha la tête.

— Une semaine. Ça me va.

Il avait l'air confiant, comme toujours. Mais en y regardant de plus près, elle perçut le doute dans ses yeux.

Afin de dissiper tout malentendu, Jenny précisa :

— Je veux dire par là que nous avons une semaine pour décider de notre avenir et de celui de notre enfant.

Il haussa les sourcils.

— *Notre* avenir ?

Jenny leva les yeux au ciel.

— Je n'essaie pas de te piéger ni de t'obliger à quoi que ce soit, Liam. Je veux juste dire que, d'ici la fin de la semaine, j'ai besoin de savoir à quoi ressemblera l'avenir. Si cet enfant aura deux parents ou un seul, par exemple.

— Tu as raison.

Il parut mal à l'aise à l'idée de se rappeler qu'il était encore en mesure de renoncer, alors qu'elle ne le pouvait pas.

— À la fin de cette semaine, soit nous aurons évoqué notre coparentalité et je saurai de quoi demain sera fait, soit je sortirai de ta vie pour toujours et tu me céderas tous tes droits parentaux. D'accord ?

En voyant sa mâchoire se crisper, elle comprit qu'il n'était pas d'accord, et pourtant, il allait devoir s'y faire très vite. Parce que, en tant que future mère de cet enfant, c'était ce dont elle avait besoin. Il n'aurait pas d'autre choix que d'y réfléchir, et elle préférait y réfléchir avec lui.

— C'est tout ce que tu demandes ?

Jenny était sur le point d'acquiescer quand elle pensa à autre chose. Quelque chose qui avait déjà fait dérailler ses plans une fois et qui ne devait pas se reproduire.

Mais elle avait le sentiment qu'il n'allait vraiment pas apprécier cette condition.

— Pas tout à fait, dit-elle. Je crois que… il ne peut rien y avoir d'autre entre nous.

— Rien d'autre ? Comme quoi, par exemple ?

— Le sexe. Pas question de faire l'amour tant qu'on ne s'est pas mis d'accord sur le bébé.

Il cligna des yeux une fois, très lentement, comme si ces paroles n'avaient aucun sens pour lui. Peut-être avait-il raison, d'ailleurs. Elle était tombée dans ses bras dès qu'elle l'avait revu !

— Pas de sexe, répéta-t-il en tordant la bouche comme s'il venait de sucer un citron. Je peux te demander pourquoi ?

— C'est trop… perturbant, dit-elle brièvement.

Elle n'était pas prête à lui raconter tout ce qui s'était passé la dernière fois qu'elle avait laissé son corps prendre le pas sur son esprit. La dernière fois qu'elle avait eu la faiblesse de croire que le sexe était synonyme d'amour, et avait confondu l'union des corps avec l'union des cœurs…

Cette histoire malheureuse lui avait coûté son travail, sa famille, sa réputation, son estime de soi – son avenir, presque. Se sortir de cette impasse avait été sa plus grande réussite à ce jour.

Elle n'avait aucune envie de revenir à son point de départ pour la simple raison qu'elle… était attirée par Liam et avait du mal à lui résister.

À présent, ses lèvres s'incurvaient.

— C'est vrai ?

Il n'avait vraiment pas besoin qu'on flatte son ego, comprit-elle, avec le sentiment qu'il testerait ses limites toute la semaine si elle ne se montrait pas très, très claire dès maintenant. Aussi claire qu'elle pouvait l'être sans avouer toutes ses erreurs passées.

— Quand nous... sommes en contact, je n'arrive pas à penser correctement, dit-elle.

— Ce qui explique pourquoi tu ne m'as pas fait part de ta grossesse avant que nous allions trop loin, c'est ça ?

— En effet.

— Eh bien, répliqua-t-il d'un air suffisant, j'ignorais que mon sex-appeal était aussi puissant !

— Il ne s'agit pas uniquement de toi. Entre nous, l'alchimie a été présente dès le début. Très présente.

— C'est vrai. C'est...

Il s'interrompit, visiblement incapable de trouver un terme pour décrire avec précision cette étrange connexion qui s'était nouée entre eux dès leur rencontre.

— C'est perturbant, reprit-elle, répétant le mot qu'elle avait choisi plus tôt.

— Et aucun de nous ne peut se permettre d'être perturbé lorsqu'il s'agit de prendre une décision aussi importante que celle-ci, acheva Liam. Je ne peux pas dire que je ne suis pas déçu, mais je comprends ce que tu entends par là.

— Bien.

Il s'éloigna de la porte de la salle de bains, où il s'était appuyé, pour lui permettre d'accéder à ses vêtements.

— Nous sommes d'accord ? insista-t-elle. Une semaine pour prendre cette décision. Et pas de sexe !

— Jusqu'à ce que la décision soit prise, approuva Liam. Oui, nous sommes d'accord.

— Parfait.

Elle se glissa dans la salle de bains et referma rapidement la porte derrière elle. Après avoir ramassé ses vêtements sur le sol, elle se regarda dans le miroir. On aurait dit qu'elle avait passé la journée à la plage : ses cheveux étaient en bataille, sa peau rose et tiède – à cause de leur étreinte ou de leur dispute, elle n'en était pas sûre.

Quoi qu'il en soit, elle avait l'air d'avoir fait… eh bien, exactement ce qu'elle avait fait, et son cœur se mit à battre plus vite à ce constat.

Une semaine. Je dois juste me tenir loin de lui pendant une semaine. Pour mon avenir. Et pour celui de notre bébé.

Elle s'adressa un signe de tête appuyé dans le miroir et régla le robinet de la douche sur froid avant de se placer sous le jet.

Une semaine. Elle pouvait le faire. Non ?

Liam s'était retiré dans le salon lorsqu'il entendit la douche couler. De toute évidence, Jenny prenait un peu de temps pour elle avant de réfléchir à la suite des événements. Et il lui en était reconnaissant.

Au début, il avait été surpris par son exigence de ne pas faire l'amour tant qu'ils n'auraient pas résolu les questions qui les opposaient. Il s'était même demandé s'il s'agissait d'une menace ou d'une tentative pour le pousser à prendre la bonne décision.

Sauf que Jenny ne lui avait pas donné de décision *à prendre*. Qu'il choisisse l'une ou l'autre des solutions qu'elle lui proposait lui suffisait. Devait-il se sentir insulté par le fait qu'elle ne se souciait pas de savoir s'il voulait être un père pour son enfant ? Ou être soulagé qu'elle soit prête à s'en aller sans un regard en arrière s'il en décidait autrement ?

Il l'ignorait, mais en revanche une chose était sûre : l'idée même qu'elle se trouve dans la pièce voisine, et porte son bébé, le mettait dans tous ses états. Et elle avait raison, le sexe n'arrangerait pas les choses.

Il n'arrivait pas non plus à penser correctement lorsqu'il était en sa présence. Quand elle l'embrassait, le reste du monde disparaissait et il ne se concentrait que sur leur plaisir à tous les deux. Or il devait garder la tête froide en ce moment, trouver le moyen de gérer au mieux la situation.

Il ne pouvait pas se laisser... distraire.

Même si, à la fin de cette semaine, il décidait de prendre le risque de faire partie de la vie de cet enfant, de l'aimer tout en sachant qu'il pourrait le perdre, ce risque était le seul qu'il serait en mesure de gérer. C'était peut-être même davantage que ce qu'il serait capable de gérer.

Il ne pouvait pas *en plus* risquer de tomber amoureux de la mère de son enfant !

Or il savait que tomber amoureux de Jenny serait facile, trop facile. Il suffirait de céder à la force qui les poussait l'un vers l'autre et, avant qu'il ne s'en rende compte, c'est sa libido qui déciderait à sa place.

Jenny était une femme magnifique, et ils prenaient beaucoup de plaisir ensemble. Oui, le risque était bien réel.

C'est pourquoi il avait été clair dès le début de leur aventure, en Islande. Il ne pouvait pas se permettre de changer d'avis maintenant, même si la situation était radicalement différente désormais.

Jenny avait raison : il n'y avait que deux solutions. Et pour l'instant, il ne prendrait pas le risque de parier sur celle qu'il choisirait.

C'était une bonne chose qu'elle lui ait donné une semaine.

Seul problème : elle serait là. Toute la semaine. À portée

de main mais intouchable, et Liam savait déjà que cela allait le rendre fou.

Il entendit le déclic du robinet qui s'éteignait et se força à se ressaisir. Il devait faire comme si sa présence était la chose la plus naturelle du monde. Il ne pouvait pas laisser paraître à quel point il était déchiré par tous les souvenirs douloureux que cette histoire ravivait. Il avait suivi une thérapie. Il avait pratiqué la pleine conscience et la méditation, fait des séances de yoga et des cures de sommeil. Il vivait désormais le moment présent et laissait son passé dans le passé.

Quant à l'avenir... il verrait cela à la fin de la semaine. Il ne servait à rien de prévoir trop longtemps à l'avance. Le destin, d'après son expérience, n'aimait rien tant que de contrarier les plans trop bien faits.

Pour l'instant, songea-t-il, Jenny devait avoir faim. Elle avait voyagé toute la journée, et il ne lui avait même pas offert un sandwich avant de l'entraîner dans la chambre ! La moindre des choses était de lui préparer un dîner.

Ou de se faire livrer, décida-t-il, alors qu'un coup d'œil dans son réfrigérateur l'obligeait à revoir ses plans. Saisissant son téléphone, il envoya un courriel rapide au service de conciergerie du futur hôtel en leur demandant de réapprovisionner la cabane en nourriture pour deux personnes pendant une semaine. Il appela ensuite son restaurant préféré, situé dans une ville voisine, et convainquit Valentina, la propriétaire, d'envoyer son neveu leur livrer un dîner avec sa mobylette. Ce n'était pas la première fois, et il espérait pouvoir proposer régulièrement des plats à emporter une fois la résidence ouverte.

Il venait de raccrocher lorsque Jenny apparut dans la chambre, à nouveau vêtue de ses propres vêtements – ce qui était dommage, car Liam, une fois sa surprise passée, avait plutôt apprécié de la voir dans les siens. Elle essuyait ses cheveux humides, et il y avait dans ses gestes une tension qu'il n'aimait pas. C'était inhabituel, car entre eux l'ambiance avait toujours été cool, décontractée – jusqu'à aujourd'hui.

— Je t'ai entendu parler à quelqu'un, dit-elle doucement.

— J'ai appelé mon restaurant préféré pour commander un dîner. J'ai pensé que tu ne voudrais probablement pas sortir ce soir, après ce long voyage ?

Elle hocha la tête.

— Oui. C'est une bonne idée. Merci.

Elle traversa la pièce, prit sa valise, puis s'arrêta.

— J'allais la ranger quelque part, mais…

Mais elle ne savait pas où elle allait dormir. Ils ne pouvaient plus partager le lit, et la cabane n'avait qu'une seule chambre. Aucune des autres cabanes n'était terminée et ne le serait cette semaine. Même s'il faisait le tour des hôtels de la plage, le mois d'avril était la saison la plus chargée au Costa Rica et les chances de lui trouver une chambre correcte étaient minces.

— Mets-la dans la chambre, dit-il à la hâte. Tu peux prendre le lit pendant que tu es ici.

— Et toi, où vas-tu dormir ? demanda Jenny.

Liam jeta un regard au canapé, plaignant déjà son pauvre dos, lorsqu'il pensa à autre chose.

— Il y a un hamac sur la terrasse. C'est là que je dormais avant que le lit soit livré. Je m'y sentirai bien pour quelques nuits.

— Si tu es sûr… Mais je pourrais le prendre, moi aussi…

— Pas question de laisser une femme enceinte dormir dans un hamac ! Ne t'inquiète pas, ça ira très bien.

— D'accord. Merci.

Et elle disparut dans la chambre.

5

Dans la forêt tropicale, la nuit n'était pas la même que partout ailleurs.

Mais Jenny ne dormait pas de toute façon, incapable d'arrêter le flux des pensées qui tourbillonnaient dans sa tête : ce voyage, cette semaine, Liam, le bébé, son avenir tout entier…

Et puis, pour qu'elle dorme, il aurait fallu que les oiseaux qui s'en donnaient à cœur joie autour de la cabane s'endorment eux aussi. Tout comme les grillons, et ces bestioles dont le cri ressemblait à celui des grenouilles.

Liam l'avait prévenue que les singes hurleurs risquaient de la réveiller tôt, ce qui, pour l'instant, semblait peu probable.

Le pire, c'était de savoir qu'il était sur la terrasse, allongé dans ce stupide hamac, exposé aux insectes, alors qu'elle avait une moustiquaire et s'était généreusement enduite de lotion !

Était-il en train de se faire dévorer vivant par les moustiques ? Devait-elle aller voir ?

Elle s'apprêta à se lever, mais se ravisa. Liam était ici depuis des semaines, il avait certainement l'habitude. Il survivrait.

Et puis, si elle sortait maintenant, au milieu de la nuit, cela pourrait lui donner des idées.

Car il en avait, c'était certain.

Jenny soupira, se retourna et se rallongea dans le lit moelleux, d'un confort parfait.

Ce n'était pas le lit ni les insectes ou les bruits de la forêt tropicale qui l'empêchaient de trouver le sommeil, mais l'odeur de Liam sur les draps, douloureux rappel de leur étreinte. Une étreinte merveilleuse, qu'ils auraient pu répéter si elle n'avait pas mis en place cette stupide règle d'abstinence !

Renonçant à dormir, elle se redressa dans le lit, mais n'alluma pas la lumière pour ne pas montrer à Liam qu'elle était encore éveillée.

Non, ce n'était pas une règle stupide, mais une règle *nécessaire*.

C'étaient juste les hormones, de toute façon. Les hormones de grossesse stimulaient la libido, c'était bien connu, n'est-ce pas ? Pourtant, jusqu'à ce qu'elle revoie Liam, le sexe était très éloigné de son esprit.

La gorge sèche, Jenny tendit la main vers sa bouteille d'eau : vide. Au moins, elle avait une excuse pour se lever. Et peut-être que quelques pas dans la cabane l'aideraient à se rendormir ? Peut-être même y aurait-il des restes du délicieux repas que Liam avait commandé pour leur dîner, qu'elle n'avait pas vraiment pu apprécier.

Grâce à la lampe de poche de son téléphone, elle se dirigea vers la cuisine sur la pointe des pieds, remplit sa bouteille d'eau et ouvrit le réfrigérateur.

— Tout va bien ?

Jenny sursauta si violemment qu'elle faillit lâcher son téléphone. Le cœur battant, elle se retourna et découvrit Liam, de l'autre côté du comptoir.

Au moins, il n'était pas torse nu, cette fois-ci, mais portait un pyjama, sans doute pour décourager les insectes, car elle savait par expérience qu'il dormait généralement nu.

Elle désigna sa bouteille.

— Je voulais juste boire un peu d'eau, et grignoter quelque chose.

— Je vois. J'ai un petit creux, moi aussi, avoua-t-il avec un sourire.

Jenny hocha la tête.

— Tu t'occupes des assiettes et des couverts, et moi de la nourriture, d'accord ?

Ils laissèrent les lumières tamisées, n'allumant que l'une des lampes du coin salon. Assis sur des coussins, à même le sol, ils mangèrent sur la table basse.

C'était agréable, songea-t-elle en croquant dans une *empanada*. Ils avaient souvent fait cela en Islande, dans leur chambre à coucher, et le fait qu'ils reprennent spontanément ce qui n'était pas encore une habitude la rassura. C'est peut-être pour cela qu'ils avaient besoin de cette semaine, plus que pour toute autre chose : trouver un moyen d'être amis, de calmer le jeu. Si Liam décidait qu'il voulait faire partie de sa vie, ils auraient besoin d'avoir une bonne relation – après tout, ils seraient tous les deux parents, ainsi qu'elle l'avait lu dans le livre qu'elle avait emporté dans l'avion pour se préparer.

Comme elle l'observait en silence, elle le trouva plus beau que jamais dans la pénombre, et sentit cette chaleur familière se lover dans son ventre. Était-ce son imagination, ou ses yeux s'étaient-ils assombris ? S'il était rassurant de savoir qu'elle n'était pas la seule à être confrontée à ce problème, il n'était pas plus facile de résister.

Il sourit, et de nouveau elle se sentit faiblir. Cette semaine allait être *insupportable.*

Cette tension érotique allait le tuer, Liam en était certain. Il avait l'impression que Jenny et lui ne pouvaient être qu'amants et rien d'autre, et qu'il était impossible de trouver un juste milieu.

Ils allaient pourtant devoir le faire, s'ils voulaient envisager une coparentalité. C'était cela, l'objectif principal de cette semaine : trouver un moyen d'être ensemble… sans être ensemble. Cela signifiait, entre autres, qu'il ne devait plus songer à lui retirer ce pyjama léger pour révéler cette peau nue sur laquelle il avait posé ses mains et sa bouche, et…

Concentre-toi, Liam.

C'est vrai. Le sexe n'était plus d'actualité, entre eux. Il s'y était engagé.

Il détourna son regard de celui de la jeune femme, ignorant l'étincelle de désir qui y brillait. Il savait ce qu'elle ressentait, mais il se rappelait aussi ce qu'elle avait dit, et qu'il avait promis de respecter.

Il fit le tour de la pièce, cherchant un sujet de conversation neutre, et trouva cela plus difficile qu'il ne l'avait imaginé. Sa cabane n'avait pas été conçue comme un nid d'amour, mais plutôt comme un lieu de détente. Mais il l'avait remplie d'objets qu'il aimait, et tout ici – des canapés moelleux sur lesquels il l'imaginait nue à la table en bois massif sur laquelle il rêvait de la prendre – faisait naître en lui des pensées… dangereusement érotiques.

Peut-être que ce n'était pas la cabane. Peut-être que c'était simplement lui. Ou elle.

Heureusement, Jenny prit les choses en main.

— Ces plats sont délicieux. Merci de les avoir commandés.

— Les restes, c'est ce qu'il y a de meilleur, répondit-il.

Elle lui sourit, et prit une autre portion de riz au poulet et aux haricots.

— Exactement ! Je me rattrape car je n'ai pas pu manger beaucoup pendant le premier trimestre, à cause des nausées.

Elle posa une *empanada* sur le bord de son assiette déjà pleine.

Mais Liam s'était figé, sa fourchette en suspens dans sa main. Quand elle lui jeta un regard amusé, il acheva son geste, mâcha sa bouchée, l'avala. Mais cela ne suffit pas à chasser l'idée qui tournait en boucle dans sa tête.

— Qu'est-ce qu'il y a ? demanda Jenny après un long silence. Tu ne veux pas entendre parler de nausées matinales ?

— Non, ce n'est pas ça ! protesta Liam.

Il n'aimait pas ce ton résigné dans sa voix. Le sentiment de réagir de la pire façon possible à la nouvelle de sa grossesse.

Inutile d'aggraver la situation.

Elle haussa les sourcils en le regardant d'un air perplexe.

— Qu'y a-t-il, alors ? On dirait que je viens de parler de notre vie sexuelle devant tes parents !

Sa comparaison le fit rire, et il l'imagina assise à la table de la cuisine de la vieille ferme, en Angleterre, racontant leurs jeux érotiques à son père, presque sourd, qui hochait la tête, visiblement perdu.

— À quoi penses-tu ? demanda-t-elle en riant franchement, cette fois. Tu as une drôle d'expression.

Il lui dit, et elle rit de plus belle – puis reprit brusquement son sérieux.

— Je suppose qu'il va falloir prendre aussi cela en compte : ce que tu veux dire aux gens, à ta famille...

— Chaque chose en son temps, répondit Liam, dans une vaine tentative pour oublier qu'il n'avait pas appelé ses parents depuis près d'un mois.

L'annonce de sa future paternité – si c'était ce qu'il choisissait de faire, à la fin de la semaine – ne pouvait pas avoir lieu par téléphone, de toute façon. Sa mère ne lui pardonnerait jamais de ne pas avoir pu le serrer dans ses bras dans un moment pareil. Jenny non plus, d'ailleurs. Mais voudrait-elle l'accompagner en Angleterre ? Ou cela dépasserait-il les limites de leur accord de coparentalité ?

Tu vas trop vite en besogne...

Il prit une autre bouchée qu'il mâcha en silence.

— Alors, qu'est-ce qui te fait peur, si ce n'est pas les nausées matinales ? demanda-t-elle. Qu'est-ce que j'ai dit ?

— C'est... la première fois que tu parles vraiment du fait que notre bébé est dans ton ventre en ce moment, et ça me semble... réel.

Il savait, bien sûr, que les bébés ne naissaient pas du jour au lendemain, et qu'il fallait neuf mois pour qu'ils viennent au monde. Il savait aussi que Jenny était enceinte. Mais il n'avait pas vraiment imaginé que cet enfant pouvait déjà affecter le monde dont il ne faisait pas encore partie, tout simplement.

Jenny lui adressa un sourire compréhensif.

— Je crois que je comprends ce que tu entends par là. Je veux dire, je n'ai même pas encore commencé mon suivi de grossesse, mais je sens des changements dans mon corps. C'est comme si... tout cela n'était pas vraiment réel parce que personne d'autre ne le savait. Car, de fait, c'est encore un secret.

Liam fronça les sourcils. Personne d'autre n'était au courant ?

— Tu ne l'as dit à *personne d'autre* que moi ? Même pas à Winter ?

— Juste à toi.

Son regard clair et franc rencontra le sien.

— J'ai pensé que tu avais le droit de savoir d'abord.

C'était une décision parfaitement naturelle. Mais d'une

certaine manière, Liam doutait que ce soit la véritable raison pour laquelle elle l'avait prise. Il comprenait qu'elle n'ait rien révélé à Winter, car sa patronne avait ses propres problèmes de grossesse, ce qui compliquait les choses. Mais ne rien dire à qui que ce soit ?

Liam ne put s'empêcher de se demander si c'était parce qu'elle n'avait personne d'autre à qui l'annoncer.

Qu'en est-il de sa famille ?

De nouveau, il pensa à la sienne. Quelles étaient leurs relations, au juste, et que voulait-il qu'elles soient à l'avenir ? Autant de choses qu'il aurait besoin de savoir, s'il s'engageait dans la voie de la paternité.

Le petit cercle de personnes qui comptaient pour lui, assez restreint, devrait s'agrandir.

— De plus, poursuivit Jenny en grignotant son *empanada*, on recommande de ne rien révéler avant l'échographie des trois mois. Au cas où.

Au cas où... Il savait ce que cela signifiait. Il n'avait jamais passé beaucoup de temps avec des bébés ou des femmes enceintes – certainement pas au cours des cinq dernières années – mais il se souvenait de cette règle.

Julie n'avait jamais pu se rendre à l'examen des douze semaines. Elle avait perdu la vie dans l'accident ainsi que le bébé, quinze jours avant la date prévue pour l'examen de contrôle.

Mais avant cela, elle avait insisté pour qu'ils n'en parlent pas à leurs proches. *Au cas où.*

« Et puis, j'aime bien l'idée d'avoir un secret qui n'appartient qu'à nous », lui avait-elle murmuré tard dans la nuit, alors que son cerveau était déjà un peu brouillé par la bière et le whisky qu'il avait consommés avant, pendant et après leur dîner. Julie, elle, avait les idées claires : elle avait arrêté de boire dès qu'elle avait vu les résultats du test. Et, bien sûr, elle ne touchait plus une seule cigarette.

Elle avait fait tout ce qu'il fallait. C'est ainsi qu'il avait su que sa mort, celle de leur bébé, était entièrement sa faute.

Liam chassa ce souvenir d'un vigoureux hochement de tête.

— Et quand a lieu l'examen des douze semaines ?

Il sentit son cœur se serrer en prononçant ces mots. Elle avait dit qu'il n'avait pas encore été réalisé, mais si le bébé avait été conçu en Islande, alors...

Il essaya de faire le calcul dans sa tête, mais les semaines avaient passé à la vitesse de l'éclair depuis son arrivée au Costa Rica. Et avant de venir en Islande, était-il possible qu'elle ait fréquenté quelqu'un d'autre et...

— Euh...

Il leva les yeux. Jenny regardait son assiette vide d'un air étonné.

— En fait, je l'ai déjà fait. Avant de venir. Je voulais être sûre que...

Elle s'interrompit, mais il comprit ce qu'elle voulait dire. Elle voulait être sûre que le bébé allait bien. Que le bébé était viable. Que cette grossesse était vraiment bien réelle. Elle désirait en être certaine avant de lui en parler. Sinon, à quoi bon aller le voir ?

Non qu'il se soit fait des illusions sur le fait qu'elle aurait parcouru tout ce chemin s'il n'y avait pas eu le bébé, mais l'idée le contraria tout de même.

Était-ce parce que, si elle avait fait une fausse couche ou si le scanner avait révélé quelque chose de grave, il n'aurait peut-être jamais su qu'il avait perdu l'occasion d'être père à nouveau ? Il se força à se concentrer sur ce qu'il ressentait – une chose qu'il avait apprise en thérapie, mais qu'il évitait de faire à moins que ce ne soit absolument nécessaire.

Or, en cet instant, cela lui semblait tout à fait nécessaire.

Non, il n'était pas en colère, ni même agacé ou frustré par sa révélation.

Il était… déçu. Un peu triste d'avoir manqué l'occasion de partager ce moment avec elle.

Et, plus que tout, il se sentait coupable qu'elle ait dû subir ces examens seule. Qu'elle n'ait pas voulu lui demander, ni à quiconque, de l'accompagner.

Il commençait à avoir l'impression que, malgré sa nature extravertie, son assurance et ses bonnes relations avec sa patronne, Jenny n'avait pas beaucoup de personnes de confiance dans sa vie.

Il ne savait pas encore s'il était capable d'en être une. Mais il ne pouvait se défaire du sentiment qu'il *voulait* l'être.

Liam déglutit avec peine, et garda ses émotions à l'intérieur, là où elles devaient rester.

— Est-ce qu'il y a… Est-ce que tu as des clichés ?

Jenny se réjouit de sa question.

— Oui. Tu veux les voir ?

Il acquiesça, en tentant d'ignorer la sensation de vertige qui s'emparait de lui.

6

Jenny dormit étonnamment bien après ce festin de minuit partagé avec Liam et, pourtant, la grossesse était un véritable enfer pour le système digestif.

Elle se réveilla plus détendue et fraîche qu'elle ne l'avait été depuis des semaines, ce qu'elle attribua au fait d'avoir enfin partagé le lourd secret qui consumait sa vie depuis qu'elle avait fait ce maudit test.

Liam avait semblé surpris qu'elle n'en ait parlé à personne d'autre. Mais vraiment, à qui aurait-elle pu le dire ?

Winter serait la première à savoir, songea-t-elle. Plus amie que patronne après tant d'années, l'actrice et réalisatrice de renom était certainement la personne avec laquelle Jenny passait le plus de temps.

Mais Winter avait ses propres problèmes de grossesse, et Jenny ne voulait pas l'accabler de ce fardeau. Ajoutez à cela le fait que Winter venait de retrouver son ex-mari, Josh, et qu'elle avait suffisamment de choses à gérer dans sa vie pour ne pas avoir à s'inquiéter de celle de Jenny.

Le fait que Josh soit le meilleur ami de Liam pesait aussi dans cette décision.

Et à part Winter, il n'y avait vraiment personne d'autre à qui elle aurait pu le dire. Son travail la menait aux quatre coins du monde, lui offrant des opportunités et des expériences qu'elle n'aurait jamais connues autrement, et se révélait très enrichissant. Mais il ne lui laissait pas beaucoup de temps libre pour se faire des amis qui seraient ravis d'apprendre la nouvelle.

Quant à sa famille… eh bien, elle n'avait plus qu'à espérer que la famille de Liam soit assez enthousiaste pour eux deux, car elle n'avait même pas l'intention de faire savoir à la sienne ce qui se passait.

Depuis la mort de sa grand-mère, Jenny trouvait plus facile de penser qu'elle n'avait tout simplement plus de famille. Ils lui avaient fait comprendre que c'était ce qu'ils voulaient, de toute façon.

Elle avait toujours cru, en grandissant, que la famille était composée de personnes qui vous aimaient, s'occupaient de votre bien-être et vous soutenaient même lorsque le reste du monde se liguait contre vous. Elle savait maintenant qu'il s'agissait d'une croyance un peu naïve – comme celles des enfants.

Elle avait commis l'erreur de tomber amoureuse de la mauvaise personne et toute sa vie s'était écroulée. Et, au lieu d'être là pour l'aider à se reconstruire, pour lui dire qu'on l'aimait et l'aimerait malgré tout, sa famille l'avait chassée. Ses parents avaient déclaré qu'ils avaient honte d'elle, et qu'elle avait ruiné leur existence.

Sa grand-mère avait été la seule à penser et à agir différemment mais, hélas, elle était morte quelques mois plus tard.

Et depuis lors, Jenny avait acquis la certitude que la famille n'était pas plus synonyme d'amour que ne l'était le sexe. Et que l'on ne pouvait s'appuyer ni sur l'un ni sur l'autre pour construire un avenir.

Non, elle ne dirait rien à sa famille. Elle ne voulait pas leur fournir un prétexte pour se détourner de son enfant comme ils s'étaient détournés d'elle.

Seul Liam savait, du moins pour l'instant. Une fois qu'elle y verrait plus clair sur son désir de s'impliquer, et aurait trouvé une solution viable, *alors* elle pourrait parler à Winter et mettre les choses au point. Elle ne se faisait pas d'illusions sur le fait que la vie resterait la même une fois qu'elle aurait un bébé, mais elle espérait être en mesure de conserver ce qu'elle aimait le plus dans son existence.

Elle pourrait peut-être même en construire une encore meilleure que celle qu'elle avait vécue ces dernières années. Avec ou sans l'aide de Liam.

En entendant s'ouvrir la porte moustiquaire de la cabane, elle songea que Liam devait être réveillé, lui aussi. Il était temps de se lever !

Elle se doucha à la hâte, et s'habilla d'un T-shirt et d'un short qui commençait à lui serrer la taille, comme si son corps *savait* que, maintenant que le secret était levé, il pouvait commencer à se transformer. Ou peut-être était-ce simplement dû au festin de minuit ?

Lorsqu'elle entra dans le salon, Liam, assis au comptoir de la cuisine, leva les yeux et lui sourit, avant de se replonger dans sa lecture.

En humant la bonne odeur du café qu'elle devinait épais, fort et noir, Jenny eut l'eau à la bouche. Mais son médecin avait insisté sur le fait qu'elle n'avait droit qu'à une certaine quantité de caféine par jour pendant sa grossesse, et elle était presque sûre qu'une seule tasse de celui-ci dépasserait la limite autorisée.

Si elle craquait maintenant, le regretterait-elle plus tard ? Essayer de prédire l'avenir est une tâche difficile et souvent infructueuse, mais elle n'avait pas besoin des cartes de tarot de sa grand-mère pour savoir que, au moment de son habituel coup de barre de milieu de matinée, elle s'en voudrait d'avoir épuisé son quota de caféine si tôt.

Au lieu de cela, elle fouilla dans les placards, trouva des thés aromatisés et s'en prépara une tasse, non sans jeter de temps à autre un regard d'envie à la cafetière.

Liam sortit des pâtisseries, des fruits et du pain pour le petit déjeuner, et ils mangèrent dans un silence détendu, lui absorbé par sa tablette et elle l'observant. Ils n'avaient jamais pris de petit déjeuner ensemble, réalisa-t-elle soudain. Enfin, pas vraiment. Chaque fois qu'elle avait passé la nuit avec lui, en Islande, elle s'était glissée au petit matin dans la suite qu'elle partageait avec Winter, afin que son absence ne soit pas remarquée et commentée.

Elle ne fut pas complètement surprise de découvrir que Liam n'était pas du matin.

— Désolé, dit-il en posant sa tablette. Je ne suis pas très bavard avant mon deuxième café.

— J'ai remarqué, répliqua-t-elle avec un sourire. Alors, maintenant que tu es pleinement conscient, as-tu des projets pour la journée ?

Il acquiesça.

— En fait, oui. J'ai eu une idée hier soir. Si nous voulons que ça marche entre nous, il faut trouver un moyen d'être amis. En commençant par en apprendre un peu plus l'un sur l'autre.

Jenny sentit ses épaules se raidir. Elle redoutait qu'il lui pose des questions embarrassantes auxquelles elle ne voudrait pas répondre, mais d'un autre côté elle devait admettre que sa proposition était très sensée.

Il fallait qu'ils apprennent à se connaître s'ils voulaient envisager de devenir co-parents. Mais cela ne signifiait pas forcément s'ouvrir de son passé, sa famille ou tout autre sujet, n'est-ce pas ? Tout ce que Liam avait besoin de savoir, c'était qui elle était *maintenant*, et le genre de mère qu'elle serait pour leur enfant.

Elle n'était pas obligée de lui avouer ce qu'elle n'était pas prête à lui révéler. Et certainement pas de lui raconter sa vie, son passé. Elle savait comment il la regarderait s'il savait : avec dégoût et déception. Ou, avec un peu de chance, il aurait pitié d'elle, et la trouverait d'une naïveté confondante.

Elle avait déjà subi ce genre de réaction, et ne voulait pas que Liam la considère ainsi.

En même temps, elle aurait beaucoup aimé en apprendre davantage sur cet homme secret, songea-t-elle. Pour elle, Liam Delaney était une énigme – une énigme qu'il lui faudrait résoudre s'il devait faire partie de sa vie et de celle de son enfant.

Bien qu'hésitante, elle acquiesça.

— J'ai envie d'en savoir plus sur toi que ce que tu aimes au lit ou si tu es du matin ou du soir...

Oups ! Elle n'avait vraiment pas voulu dire ça.

Le sourire qu'il lui adressa en guise de réponse lui indiqua qu'il pensait à la même chose qu'elle et, pendant un long moment, son regard prisonnier du sien exprima tout ce qu'ils ne disaient pas. Ou ne faisaient pas.

Pas de sexe. C'est la règle. Si je n'ai pas le droit de prendre du café, je n'ai pas non plus le droit de faire l'amour avec cet homme. C'est bien plus dangereux.

Liam détourna le premier le regard, rompant le charme de l'instant, et porta son assiette jusqu'à l'évier.

— Alors, quel est ton programme pour la journée ? demanda-t-elle avant de prendre une gorgée de thé.

— Je me suis dit que j'allais te faire visiter un peu la ville, t'emmener à la plage, déjeuner dans mon resto préféré, par exemple…

Il lui tendit la main pour prendre son assiette et commença à remplir le lave-vaisselle. Il avait probablement une femme de ménage susceptible de s'en charger pendant qu'ils étaient sortis, mais elle trouva agréable de le voir accomplir une tâche domestique, comme l'aurait fait… un père de famille.

— Et nous pourrons parler, ajouta Liam.

Elle crut avoir perçu une pointe d'appréhension dans sa voix.

— Je vais me préparer, alors.

Jenny descendit de son tabouret et se dirigea vers la chambre à coucher, l'esprit en ébullition.

Si Liam voulait parler, elle allait s'assurer d'avoir sa propre liste de questions gênantes à poser !

Il avait raison de dire que la seule façon de prendre une décision concernant leur avenir était de s'ouvrir l'un à l'autre et de se comprendre. Mais cela ne se ferait pas sans difficulté, du moins pour elle.

La plage du futur hôtel était l'un des endroits que Liam préférait au monde – et Jenny semblait également charmée. Il l'avait découverte presque par hasard, en explorant la région, et avait immédiatement su qu'il avait eu de la chance.

— Comment s'appelle cette plage ? demanda Jenny.

Elle tenait ses sandales à la main tandis qu'ils marchaient sur le sable blanc, près des vagues étincelantes et d'un bleu éclatant sous le soleil. Il y avait quelques surfeurs intrépides, mais il était encore tôt, et à moins de bien connaître le coin, on ne distinguait pas le sentier tortueux qui menait de la forêt tropicale à ce petit paradis.

À l'extrémité de cette crique isolée se trouvait un modeste

café-restaurant tenu par la belle-sœur de Valentina. Il donnait l'impression d'être sur le point de s'écrouler, mais la nourriture y était tout aussi bonne que dans l'établissement le plus raffiné de la ville.

Liam se plaisait à penser que cette plage resterait un lieu secret, réservé aux quelques privilégiés séjournant dans son hôtel. Un endroit éloigné de la foule et du bruit de certaines plages plus grandes et plus fréquentées.

— Pendant longtemps, j'ignorais même qu'elle avait un nom, avoua-t-il. Puis j'ai entendu un habitant l'appeler *playa escondida*, ce qui signifie « plage cachée », je crois. Et j'ai adopté ce nom, moi aussi.

— Il lui va bien, en effet.

Jenny s'arrêta pour admirer la vue et Liam sourit, heureux de la voir apprécier elle aussi la magie de l'endroit.

Il avait construit des hôtels dans le monde entier, toujours à la recherche de lieux où ses clients pourraient se reposer, se ressourcer, et oublier le monde et ses tracas. Du désert californien aux paysages volcaniques et aux piscines géothermiques d'Islande, il avait bâti des sites superbes, de véritables retraites.

Il était fier de ces réalisations, mais il savait que ses cabanes dans les arbres au Costa Rica seraient le fleuron de son empire.

En tout cas, Jenny était plus détendue qu'elle ne l'avait été depuis son arrivée, ses cheveux blonds brillant dans la lumière du soleil.

Il avait une envie folle de l'embrasser, là, sur cette plage de rêve, comme dans les films romantiques dans lesquels il avait l'habitude de jouer.

Qu'est-ce qui n'allait pas chez lui ?

Il se rassura en pensant que ses hormones lui jouaient des

tours, rien de plus. Et puis, le fait de ne pas pouvoir obtenir quelque chose ne nous le faisait-il pas désirer plus fort encore ?

Mais il ne céderait pas à ce désir, même si Jenny semblait le partager. Elle le regretterait plus tard, il le savait, et il refusait de lui faire subir cela – en tout cas, pas avant d'avoir pris une décision sur l'avenir.

Jenny se figea brusquement, fixant le sol. Liam suivit son regard et sourit lorsqu'il réalisa ce qui avait attiré son attention.

— C'est un paresseux ? demanda-t-elle, émerveillée.

— Oui.

La créature chemina avec lenteur sur le sable, avant d'escalader tout aussi lentement l'arbre le plus proche.

— Il est très rare de voir des paresseux marcher, expliqua-t-il. Ils ne descendent des arbres qu'une fois par semaine. Mais si tu regardes en l'air quand nous sommes dans la jungle, tu en verras beaucoup.

— C'est incroyable ! lança-t-elle d'un ton joyeux. As-tu d'autres merveilles à me montrer ?

Ils prirent le temps d'explorer la plage, d'observer les surfeurs braver les vagues et quelques plongeurs sauter depuis un bateau avec masques et tubas. Ils entendirent des aras au-dessus de leurs têtes et aperçurent un singe qui se faufilait entre les arbres alors qu'ils s'approchaient du café.

Ils étaient censés apprendre à se connaître, mais Liam avait du mal à aborder des sujets plus personnels, et plus encore à se concentrer pour garder ses distances avec elle. Il aurait été si facile de la prendre par la taille pour la guider, ou de la serrer contre lui…

Non, je ne le ferai pas.

Au lieu de cela, il lui posa des questions sur sa vie à Los Angeles, sur sa famille, son enfance, mais à chaque fois, Jenny les éludait ou y répondait rapidement, préférant l'interroger sur son projet d'hôtel.

Il commençait à se demander si elle ne voulait pas autant que lui cacher son passé.

— Viens, dit-il une fois qu'ils eurent atteint le petit restaurant. Je t'invite à déjeuner.

Isabela les accueillit avec chaleur, et un serveur leur donna la meilleure table, installée à l'écart du bar où s'attardaient deux habitués, et offrant une superbe vue sur la mer.

Il commanda pour eux deux, demandant à Isabela en espagnol de leur apporter ce qu'il y avait de mieux aujourd'hui. Puis ils burent avec délice l'eau bien fraîche que le serveur leur apporta.

— Alors, c'est la première fois que tu viens en Amérique centrale ? l'interrogea-t-il.

— Oui, je ne suis jamais allée plus au sud que la Floride, qui est déjà très loin du Canada, où j'ai grandi. Et encore plus loin de... d'où viens-tu exactement ?

— D'Angleterre. Mon accent est très reconnaissable, non ?

— Oui, c'est sûr ! De quelle région d'Angleterre ?

— Du Norfolk. Mais tu sais, tout ça figure sur ma page Wikipédia.

Elle lui adressa un sourire.

— J'ai un petit avantage, admit-elle. Ta vie entière est exposée sur Internet par tes nombreux fans.

Avait-elle fait des recherches sur lui ? Probablement. Difficile de résister, alors que l'information était disponible. Il avait déjà googlé d'autres acteurs simplement après les avoir vus dans un film, et il était irréaliste de croire que Jenny n'avait pas cherché à en savoir plus sur l'homme qui était le père de son enfant.

Ce qui signifiait qu'elle devait déjà connaître les réponses aux questions qu'elle posait. Alors pourquoi l'interroger, si ce n'était pour l'empêcher de lui poser des questions plus personnelles ?

Il y avait une pudeur dans son regard, quelque chose de fragile dans son sourire, et il se demanda soudain ce qu'il trouverait s'il tapait « Jenny Bouchard » sur un moteur de recherche. Car personne ne pouvait vraiment échapper à la Toile, n'est-ce pas ? Tout était là pour qui savait chercher.

Or il savait chercher. Il s'y emploierait plus tard et découvrirait tous les secrets que Jenny Bouchard gardait jalousement, il en était sûr.

Mais il aurait préféré qu'elle lui fasse suffisamment confiance pour les lui confier elle-même.

— Qu'est-ce qu'il y a ? demanda Jenny.

Il réalisa qu'il la fixait depuis un long moment.

— Rien, répondit-il en secouant la tête. Tiens, voici nos plats. Je te promets que tu vas adorer !

Il saurait se montrer patient. Il avait le temps. D'ici la fin de cette semaine, elle n'aurait plus de secrets pour lui.

7

Le Costa Rica se révélait plus beau et plus étonnant que ce que Jenny avait imaginé. Après leur délicieux déjeuner composé de plats locaux servis sous forme de tapas, elle s'était attendue à ce que Liam entre dans le vif du sujet.

Mais il ne l'avait pas fait, s'en tenant à une conversation légère et agréable. Elle avait cru qu'il voudrait en savoir plus sur sa famille restée au Canada et sur les raisons de son départ mais, guidé sans doute par son intuition, il avait évité de mentionner le sujet après ses deux vaines tentatives, sur la plage.

Ils avaient poursuivi leur dialogue en rentrant à la cabane, puis durant le dîner simple qu'il lui avait préparé. Le soir venu, il avait remarqué qu'elle était fatiguée et lui avait suggéré d'aller se reposer.

Il connaissait maintenant sa couleur préférée – le vert –, son film favori, le prénom de son béguin d'adolescente, et savait qu'elle n'aimait que le pop-corn salé, pas le sucré, ainsi qu'une foule de choses insignifiantes. Mais il n'avait toujours aucune idée de la raison pour laquelle elle n'avait pas parlé à ses parents depuis plus de cinq ans, et déménagé à Los Angeles afin de travailler pour Winter.

Le lendemain matin, en se réveillant, elle se sentit un peu coupable de ne pas lui avoir livré davantage d'elle-même. Elle savait qu'il était illusoire d'espérer élever un enfant avec un homme auprès duquel elle ne pouvait pas se montrer honnête, et à qui elle était incapable de confier les faits les plus élémentaires de son passé. Mais, après ses parents, après Anthony, elle avait du mal à accorder sa confiance, car elle avait trop souffert de sa naïveté.

Certes, la situation était différente aujourd'hui. Elle ne s'attendait pas à ce que Liam l'aime, mais s'ils devaient continuer de se fréquenter, elle ne pouvait pas se cacher plus longtemps : un jour ou l'autre, elle devrait lui dire la vérité.

Mais pas encore.

Quelle que soit l'issue de cette semaine de réflexion, il leur faudrait à tous deux repartir sur de bonnes bases. Il ne devait pas y avoir de place pour le doute et la défiance.

Si elle attendait que Liam se montre franc avec elle, elle devait l'être elle aussi, et elle avait besoin d'un peu de temps pour se préparer.

Lui, en revanche, n'avait pas eu ce choix, car elle s'était un peu renseignée sur son compte avant de venir au Costa Rica pour lui annoncer qu'il allait être père. C'était naturel, n'est-ce pas ?

Elle savait que la ferme de ses parents était sur le point de sombrer lorsqu'il l'avait sauvée grâce au cachet de son premier grand film hollywoodien. Elle savait aussi qu'il était le benjamin de sa fratrie, et avait trois sœurs aînées. Elle pouvait énumérer les films qu'il avait tournés, les acteurs qu'il avait fréquentés. Elle avait même vu des photos de lui titubant à la sortie d'une boîte de nuit, une jolie blonde à son bras…

Elle avait également pu constater qu'il n'avait pas donné une seule interview au cours des cinq dernières années.

Et elle savait pourquoi. Avant même de le rencontrer, elle le savait déjà. Tout le monde à Los Angeles était au courant que Liam et sa petite amie de l'époque, une actrice appelée Julie Oswald, avaient participé à une fête somptueuse donnée par un réalisateur dans sa grande demeure d'Hollywood, où étaient conviées une foule de stars.

Lorsqu'ils étaient partis, au petit matin, c'était Julie qui conduisait. Elle avait grillé un feu rouge et avait heurté une voiture qui lui arrivait dessus côté conducteur. Julie avait été tuée sur le coup et Liam avait survécu. Par miracle, il n'avait été que très légèrement blessé.

En tout cas, physiquement, car ce drame l'avait anéanti.

Winter et Josh, deux des amis les plus proches de Liam, ne parlaient jamais de ce qui s'était passé ensuite, et Jenny n'osait pas le leur demander de crainte de paraître indiscrète.

Pendant le petit déjeuner, elle l'observa. Elle n'avait jamais été victime d'un accident aussi traumatisant que celui qu'avait vécu Liam, mais elle avait été profondément blessée, elle aussi, et elle aurait aimé en parler avec lui. Comment aborder ce sujet délicat, et lui faire comprendre qu'elle attendait de lui qu'il se livre en retour ?

Mais personne, dans une relation, ne disait jamais toute la vérité, et elle ne voulait surtout pas se montrer trop intrusive.

— Alors, quel est le programme, aujourd'hui ? demanda-t-elle tandis qu'il vidait sa deuxième tasse de café.

— J'ai pensé t'emmener un peu plus loin sur la côte, dans une demeure typique de la région, dit-il. Une de mes amies y donne ce matin un cours de yoga pour femmes enceintes.

Jenny cligna des yeux.

— Un cours de yoga pour femmes enceintes ? répéta-t-elle.

N'était-ce pas le genre de choses que faisaient les maris et les amoureux dévoués ? Pourtant, Liam n'était ni l'un ni l'autre, et n'était même pas certain de vouloir faire partie de la vie de leur enfant.

Liam haussa les épaules, mal à l'aise.

— Il faut que j'y aille cette semaine, de toute façon. Nous sommes en train de réfléchir à la possibilité d'installer une nouvelle salle de yoga dans l'hôtel, réservée à notre future clientèle. C'est un hasard qu'elle reçoive des femmes enceintes aujourd'hui.

Bien sûr. C'était logique, et il ne pouvait pas s'arrêter de travailler pendant qu'elle était ici. Elle n'avait pas le droit de s'en plaindre.

— Nous verrons peut-être d'autres animaux, ajouta-t-il, et elle ne put s'empêcher de sourire à cette idée.

Les routes qu'ils empruntaient étaient sinueuses et infestées de nids-de-poule, mais le 4x4 de Liam avançait sans trop de difficulté. Comme elle s'attardait sur ses muscles bronzés et toniques qui se contractaient lorsqu'il tournait le volant, elle se souvint soudain de la sensation de bien-être qu'elle avait ressentie entre ses bras.

Elle détourna le regard.

Ne pense pas à ça. Ne pense pas à ce qu'il s'est passé en Islande.

Mais c'était plus facile à dire qu'à faire. Alors qu'elle regardait par la fenêtre, les souvenirs des rêves qui avaient hanté sa dernière nuit lui revenaient en mémoire.

Des rêves où elle n'était pas seule, dans le grand lit de la cabane. Où le corps de Liam était lové contre le sien, sa bouche dans son cou, sa main sur son sein, et son sexe…

Elle se racla la gorge et lança d'un ton un peu trop aigu :

— Tu es un bon conducteur. Cette route est vraiment difficile.

Il haussa les épaules mais ne répondit pas. Trop tard, elle

comprit qu'il s'agissait probablement d'un sujet sensible, même s'il n'était pas au volant la nuit de l'accident.

Ils roulèrent en silence pendant quelques minutes, et Jenny, ne voyant aucun animal sauvage, allait commencer à compter les arbres pour se distraire lorsque Liam prit la parole.

— Alors, dis-moi, comment en es-tu venue à travailler pour Winter ?

Elle réfléchit longuement à sa réponse, car si elle lui racontait toute l'histoire, elle risquerait de révéler des détails humiliants qu'elle préférait garder pour elle. Mais ce n'était pas nécessaire, comprit-elle. Si elle s'y prenait bien, elle lui dirait l'essentiel sans se trahir.

— Je voulais être actrice, répondit-elle sans le regarder, d'un ton qu'elle espérait léger. J'ai donc quitté le Canada pour Los Angeles et j'ai commencé à chercher du travail. Comme ça ne marchait pas, je me suis dit qu'il valait mieux travailler pour une star que d'être serveuse dans un restaurant. Je me suis inscrite dans une agence de recrutement qui m'a fait passer un entretien. Winter et moi nous sommes tout de suite très bien entendues, et il se trouve que j'avais l'expérience requise pour lui servir d'assistante. C'est aussi simple que cela.

— Et tu aimes travailler pour elle ?

— Oui, beaucoup. Très vite, nous sommes devenues amies, et elle ne se comporte pas en patronne avec moi.

— Pourtant, tu ne lui as toujours pas parlé du bébé...

Liam lui jeta un bref regard, avant de reporter son attention sur la route.

— Tu vas devoir le faire, cependant. Surtout si tu veux continuer à travailler pour elle.

Elle s'empressa d'acquiescer.

— C'est ce que je veux, en effet. Et nous trouverons une

solution d'une manière ou d'une autre. Une fois que je saurai ce que *tu* attends de tout cela.

— Tu as raison. Je n'en doute pas.

Elle tenta en vain de déceler le moindre sarcasme dans sa voix.

— À mon tour, maintenant, dit-elle. Crois-tu que tu reprendras un jour le métier d'acteur ?

— Non.

Sa réponse avait fusé, ferme et définitive. Mais elle insista.

— Pourquoi pas ?

— Hollywood, c'est fini pour moi.

Devant l'expression sombre de son visage, elle eut la certitude absolue qu'il voulait clore ce chapitre de sa vie, mais elle savait aussi que les journaux n'avaient raconté que la moitié de l'histoire en déclarant que Liam Delaney s'était sorti de cet accident de voiture avec des blessures mineures.

— Nous y sommes ! lança Liam alors qu'ils prenaient un dernier virage et apercevaient une maison de bois nichée entre les arbres. Voici Selena, mon amie professeure de yoga.

Il désigna la terrasse, où se tenait une magnifique jeune femme brune vêtue d'une chemise ample et d'un short moulant, qui leur sourit en leur faisant un grand signe de la main.

Jenny lui avait paru un peu réticente quand il l'avait laissée seule avec Selena, qu'il avait saluée d'une accolade chaleureuse, comme à son habitude. Il avait prévu de rester et de faire visiter les lieux à Jenny, peut-être même d'assister à une partie de la séance de yoga, mais après ce trajet en voiture, il avait besoin d'un peu d'espace.

Heureusement, il y avait toujours l'excuse du travail, des coups de fil à passer, des rendez-vous à prendre…

« Crois-tu que tu reprendras un jour le métier d'acteur ? »

Pas pour tout l'or du monde. Or on lui proposerait beaucoup d'argent, bien sûr. Mais cela n'avait plus d'importance, désormais.

Il n'était plus cette personne et ne voulait plus jamais l'être.

La seule question qui comptait vraiment pour l'instant, c'était celle de sa future paternité. Comment aurait réagi l'ancien Liam en apprenant une telle nouvelle ? S'il le savait, il pourrait tout simplement faire le contraire, comme il avait déjà commencé à s'y employer dans presque tous les autres domaines de sa vie.

Lorsque Julie lui avait annoncé sa grossesse, il avait été fou de joie. Enthousiaste et fier à l'idée d'être parent, il avait cru naïvement que tout se passerait bien.

Cela aurait-il vraiment été le cas si Julie et le bébé avaient vécu ?

Appuyé contre la balustrade de la terrasse, il prit soudain conscience qu'il aurait fait un très mauvais père, à l'époque. Il aurait confié les responsabilités à Julie, ou aux nounous qu'ils auraient embauchées. Il aurait profité des tournages pour s'amuser et n'aurait pas été très impliqué dans la vie de son enfant – pas comme l'avaient été ses propres parents. Il n'en avait pas eu l'envie, trop pris dans le tourbillon de son propre succès et du style de vie qu'il lui offrait.

Liam n'était pas fier de l'homme qu'il était à l'époque. Après avoir quitté la maison familiale et trouvé si vite le succès, il était devenu égoïste, revendiquant presque son insouciance, et cherchant sans cesse à être davantage reconnu, admiré, aimé…

L'accident lui avait volé cette vie-là, une vie qu'il ne

retrouverait jamais, mais ce grand malheur avait été bon à quelque chose : il lui avait permis de prendre du recul sur sa propre existence, et d'envisager de nouvelles perspectives.

Il était devenu un homme différent, à cause de l'accident et de ce qui s'était ensuivi. Ce que l'ancien Liam aurait fait, il pouvait le faire différemment aujourd'hui. Mieux.

Mais cela signifiait-il pour autant qu'il devait se caser, et élever un enfant ? Jenny lui offrait-elle la seconde chance qu'il appelait de ses vœux ?

Il pouvait aussi se montrer responsable, mais de loin, et lui offrir un soutien financier sans s'impliquer émotionnellement ? Car s'il avait changé au point d'être méconnaissable, une chose demeurait : il se sentait différent de la plupart des hommes.

Il n'avait rien du mari et du père attentionné, comme l'avait été le sien. Celui-ci travaillait certes beaucoup à la ferme, mais il était toujours là pour Liam. Son père savait attendre qu'il soit prêt à lui confier ses difficultés, et il savait écouter. Il écoutait *vraiment*, et finissait toujours par donner à Liam le conseil qu'il était venu chercher, ou par prononcer les mots qu'il avait besoin d'entendre.

Il n'ignorait pas ce que son père lui dirait s'il était au courant de la situation. Sans lui montrer à quel point ses frasques de jeunesse l'avaient déçu, il serait ravi par la perspective d'avoir un autre petit-enfant. Ses parents accueilleraient Jenny dans leur famille, dans leur maison, sans hésiter.

Et si Liam lui confiait qu'il envisageait de ne pas faire partie de la vie de l'enfant… il ne comprendrait pas.

C'est pourquoi il ne pouvait pas le lui dire.

Mais cela ne l'aidait en rien à résoudre la question fondamentale : comment être un bon père s'il voyageait dans le monde entier pour son métier, pour faire croître son entreprise – une entreprise qui l'avait sauvé après le drame ?

Et s'il ne pouvait pas être le genre de père que son enfant méritait, ce bébé ne serait-il pas mieux sans lui ?

Il n'avait pas trouvé de réponse lorsqu'il revint chercher Jenny, une heure plus tard, et la trouva souriante et rayonnante après un peu d'exercice. Il avait peut-être bien fait de l'amener ici, finalement ?

— As-tu apprécié le cours ? demanda-t-il en s'approchant d'elle.

Jenny acquiesça.

— Oui, c'était très bien. Cela m'a fait du bien d'étirer mon corps et de sentir qu'il m'appartient toujours – même si je le partage en ce moment.

Avec son enfant, *leur* enfant !

Liam ne put s'empêcher de ressentir un léger sentiment de fierté et de satisfaction lorsqu'il posa son regard sur le ventre encore plat de la jeune femme.

— C'est important de rester en contact avec son corps, dit Selena en souriant. Tu t'es bien débrouillée aujourd'hui. Reviens quand tu veux.

Elle serra Jenny dans ses bras, puis s'écarta.

— Tu veux te baigner dans les sources d'eau chaude avant de retourner à la cabane ? demanda Liam. Elles sont merveilleuses après une séance d'entraînement.

— Eh bien…

Jenny jeta un coup d'œil à Selena, qui secouait la tête.

— Je crains que les sources thermales ne soient pas recommandées aux femmes enceintes, Liam, dit-elle d'un ton d'excuse.

— Ah oui, bien sûr. Désolé…

Était-il censé le savoir ? Probablement. Combien d'autres choses ignorait-il encore sur le déroulement de la grossesse ? Et sur l'éducation des nourrissons, des jeunes enfants ? « On ne sait pas tout ce qu'on ne sait pas », disait son père.

— Dans ce cas, rentrons ! suggéra-t-il.

Il avait espéré que Jenny serait trop fatiguée pour poser d'autres questions sur le chemin du retour. Mais quand elle le fit, ce n'étaient pas les questions auxquelles il s'attendait.

— Alors, toi et Selena, dit-elle tandis qu'ils s'éloignaient du studio, vous avez déjà été… en couple, je suppose ?

Il cligna des yeux, puis se concentra sur la route.

— Moi et Selena ? Non. Elle est mariée à Gael, qui dirige l'établissement avec elle. Il m'a beaucoup aidé avec les plans de l'hôtel, et j'espère les inviter bientôt tous les deux à l'inauguration.

— Ah…

Elle se tourna vers la fenêtre.

— Serais-tu… jalouse ?

— Non !

Sa réponse fut rapide et catégorique, mais pas tout à fait convaincante.

— Tu es sûre ? dit-il en plaisantant. Je veux dire, je comprendrais…

Il saisit sa main, le cœur battant, puis la lâcha. Ce n'était sans doute pas une bonne idée, alors qu'aucun d'entre eux ne semblait prêt à aller plus loin.

Pourtant, Dieu sait qu'il en avait envie ! Et l'idée que Jenny soit jalouse… C'était peut-être puéril, mais il devait admettre que cela ne lui déplaisait pas. Ne pas la toucher était un défi, mais cela le soulageait de savoir qu'elle luttait elle aussi.

— Je ne suis pas jalouse, affirma-t-elle de nouveau. Nous

n'avons pas ce genre de relation, et ce n'est pas comme si nous nous étions fait des promesses, ou avions l'intention de le faire.

Elle avait raison. Ils avaient tous les deux été clairs sur ce point depuis le début. Ni l'un ni l'autre ne cherchaient une relation sérieuse ou durable et, même s'ils étaient malgré eux liés pour la vie à cause du bébé, il devait *choisir* de s'impliquer en tant que parent seulement.

S'il ne le faisait pas, il ne la reverrait jamais. Il lui faudrait s'en assurer. Car elle n'aurait sans doute aucune envie de le fréquenter dans un cadre amical, avec Josh et Winter par exemple.

— C'est juste que… Il y a un autre sujet auquel nous devrons réfléchir si nous décidons d'élever cet enfant ensemble.

— Quel est le rapport avec Selena et Gael ?

— Aucun. Je veux dire… si nous sommes tous les deux parents, nous devrons tous les deux accepter que l'autre sorte avec d'autres personnes. Peut-être même qu'il décide de vivre avec quelqu'un. Il faudrait nous mettre d'accord sur la façon dont cela pourrait se passer.

Elle soupira, avant de poursuivre.

— Il y a tellement de choses à faire, à penser… Si nous nous lançons dans cette aventure ensemble, nous serons liés pour longtemps.

— Oui, j'y ai pensé, moi aussi.

Accablé, il serra les poings. Il n'avait pas envie de revivre ce qu'il avait vécu après la mort de Julie, de plonger à nouveau.

Il ne pouvait pas prendre ce risque. Pas même pour son enfant.

Il avait travaillé trop dur pour parvenir à accepter son sort. Pour faire la paix avec son passé et regarder vers l'avenir. Et l'idée de voir la mère de son enfant tomber amoureuse d'un autre homme réveillait des émotions qu'il avait gardées enfouies depuis longtemps. Des émotions qu'il refusait de ressentir à nouveau.

Mais quelle autre option avait-il ? Rester à l'écart, bien sûr. S'il voulait être impliqué, il devait accepter l'idée du long terme, de la relation suivie. Car, bien sûr, Jenny tomberait amoureuse, et l'homme qu'elle aurait choisi l'aimerait en retour.

Et s'il voulait être cet homme ?

Troublé, il se concentra très fort sur la route à suivre. Non, il n'était pas prêt et ne le serait sans doute jamais.

Car l'amour faisait souffrir, et en aimant quelqu'un, on risquait de le perdre. Il savait trop bien que son cœur brisé ne pourrait le supporter de nouveau.

Ils achevèrent le trajet en silence, chacun perdu dans ses pensées. Mais lorsqu'ils arrivèrent, Liam se précipita pour ouvrir la portière côté passager, puis posa la main sur le bras de Jenny.

— Quoi ?

Elle le regarda, les yeux écarquillés, et il n'eut plus qu'une envie : l'embrasser, encore et encore...

Il détourna le regard et se racla la gorge.

— On va trouver une solution, d'accord ? Quoi que nous décidions, nous le ferons ensemble, et nous ferons en sorte que ça marche. D'accord ?

Il la vit déglutir avec peine, son regard ne quittant pas le sien. Les pensées qui avaient envahi son cerveau étaient-elles en train de s'emparer du sien ? Le sentiment que ce qui les unissait dépassait l'existence du bébé qui grandissait en elle ?

Il n'eut pas le courage de demander, et elle hocha la tête.

— Oui, d'accord.

Puis, avec un sourire crispé, elle se dirigea vers les escaliers de la cabane, tandis qu'il se préparait à passer une nouvelle soirée auprès de cette femme qu'il n'avait pas le droit de toucher malgré le désir brûlant qu'il avait d'elle.

8

Quand, le lendemain matin, Liam lui annonça son intention de l'emmener chez un petit torréfacteur où ils pourraient choisir leurs propres grains et déguster un délicieux café, elle craqua. Elle avait perdu la bataille contre son addiction à la caféine !

— Je dois de toute façon rencontrer le propriétaire pour discuter d'un partenariat, alors j'ai pensé que ce serait parfait, déclara-t-il. Je me souviens qu'en Islande tu buvais beaucoup de café.

— Tu sais que les femmes enceintes sont censées limiter leur consommation de caféine ? Tu n'as pas remarqué que je n'ai pas bu une seule tasse de café depuis que je suis arrivée ici ?

Il la regarda d'un air perplexe.

— En fait… non. Désolé. Je savais qu'il fallait éviter l'alcool, mais je n'ai pas pensé…

Jenny laissa échapper un soupir.

— Ce n'est pas grave. Je veux dire, ce n'est pas comme si tu avais fréquenté beaucoup de femmes enceintes !

Liam détourna le regard.

— Non, en effet.

Il avait l'air tellement désemparé qu'elle eut pitié de lui.

— Tu peux peut-être aller seul à ton rendez-vous. Je suis

un peu fatiguée aujourd'hui, de toute façon. Je vais rester ici et profiter de la forêt. Je ferai une sieste.

— Tu es sûre ? Je n'en ai pas pour longtemps. Mais tu trouveras de quoi déjeuner dans le frigo. Et je t'inviterai à dîner pour me faire pardonner.

— C'est d'accord ! dit-elle en souriant.

Elle s'attendait à ressentir du soulagement une fois Liam parti. Les derniers jours passés en sa compagnie avaient été assez éprouvants – sans parler du moment où, la veille, près de la voiture, il avait failli l'embrasser. Tout cela devenait un peu trop difficile à gérer, alors qu'au contraire un répit lui était nécessaire. Elle était lasse de se retenir de le toucher, de l'embrasser, de ne pas pouvoir céder à la force qui la poussait vers lui sans relâche.

Elle avait besoin de quelques heures pour se retrouver seule avec ses pensées et pour comprendre les émotions qui l'agitaient.

Mais étrangement, dès qu'il fut parti, elle s'aperçut que sa compagnie lui manquait. C'était compréhensible, se dit-elle en prenant une longue douche tiède, car quand Liam était là, elle n'était pas seule avec cette grossesse. Elle n'était pas la seule responsable de la vie qui grandissait en elle.

Mais il ne serait pas toujours là et, même s'il décidait de jouer son rôle de père, elle et lui ne formeraient pas un couple. Oui, elle devrait continuer de se débrouiller toute seule, comme elle l'avait fait durant ces cinq dernières années.

Je le savais ! Je suis venue ici en sachant pertinemment comment les choses se passeraient.

Mais en l'espace de quelques jours seulement, elle s'était habituée à la présence de Liam. Elle s'était habituée à le regarder depuis le tabouret du comptoir de la cuisine pendant qu'il leur préparait le dîner, ou à attendre qu'il ait fini son deuxième café de la journée pour entamer une conversation.

D'une certaine manière, c'était pire qu'après l'Islande. À l'époque, il n'avait été question que de sexe entre eux. Maintenant qu'elle ne s'autorisait plus à le toucher, elle avait donc plus de temps pour l'observer, pour apprécier sa façon d'être au quotidien.

Hélas ! Cela ne diminuait en rien le désir qu'elle avait de lui. Elle rêvait encore de l'embrasser, de lui faire l'amour, tous les soirs. Et lorsqu'elle avait rencontré Selena, la ravissante prof de yoga, elle avait senti l'aiguillon de la jalousie.

Soudain, elle eut envie de savoir tout de suite quelle décision Liam allait prendre vis-à-vis du bébé.

Mais elle lui avait accordé une semaine et ne pouvait pas le presser maintenant, même si elle détestait l'attente et l'incertitude.

Depuis qu'Anthony lui avait volé l'avenir qu'elle croyait sien – un grand mariage avec des invités triés sur le volet, une vie confortable et agréable, avec l'amour et l'affection d'un mari en qui elle avait confiance – elle avait toujours refusé de remettre son destin entre les mains d'autrui. Mais maintenant, elle n'avait plus le choix. Jusqu'à ce que Liam prenne sa décision, elle ne pouvait rien planifier du tout.

Et cela la frustrait énormément.

Après s'être essuyée, elle enfila son short et son T-shirt les plus confortables et s'installa sur le lit.

Il n'y avait aucun moyen de prédire l'avenir, elle le savait. Mais le moindre indice serait utile…

Fouillant dans son sac à dos, elle en sortit le petit sac de soie qui contenait le livre de sa grand-mère. Et les cartes de tarot… Elles ne pouvaient probablement pas lui donner la certitude dont elle avait besoin, mais elles étaient peut-être en mesure de l'aider à mettre de l'ordre dans ses pensées tourbillonnantes avant le retour de Liam.

Elle prépara un thé aux fruits dans la cuisine, ajouta une carafe d'eau et un verre sur le plateau qu'elle posa sur la terrasse. Puis elle s'assit en tailleur sur un grand transat.

Il ne lui fallut qu'un instant pour mélanger les cartes et réfléchir aux questions qu'elle voulait poser.

Sa grand-mère avait longtemps essayé de lui apprendre à lire les cartes correctement, mais Jenny n'était pas vraiment intéressée. Puis, un jour, son monde s'était écroulé, et sa grand-mère lui avait envoyé un jeu de tarot. Elle était morte quelques mois plus tard...

Après avoir mélangé ses cartes, elle en étala trois devant elle pour représenter son passé, son présent et son avenir. Puis elle plissa les yeux et essaya de comprendre ce qu'elles signifiaient.

— Qu'est-ce que tu fais ?

La voix de Liam la fit sursauter, et elle lâcha les cartes.

— Il faut que tu arrêtes de me surprendre comme ça ! s'exclama-t-elle, une main sur la poitrine. C'est mauvais pour le bébé. Et pour mon cœur.

— Désolé, dit-il en prenant place dans un fauteuil en face d'elle. C'est quoi, ces cartes ?

— Des cartes de tarot. Elles appartenaient à ma grand-mère.

Elle n'aimait pas expliquer pourquoi elle se livrait à ce petit rituel, mais avec le temps elle avait appris à avoir confiance en elle. Après tout, qu'est-ce que cela pouvait bien lui faire de savoir ce que les autres pensaient d'elle ?

— Et tu crois qu'elles peuvent prédire l'avenir ?

Elle perçut le doute dans sa voix et, l'espace d'un instant, elle fut tentée de lui faire une blague en affirmant que, oui, elle croyait à la divination. Mais elle se ravisa.

— Non, je ne pense pas, lui dit-elle. Mais grand-mère me tirait toujours les cartes lorsque je lui rendais visite, et cela m'aidait à mettre de l'ordre dans mes pensées. Je ne pouvais pas dire ce qui allait se passer ensuite, mais je me sentais mieux armée pour l'affronter. Tu comprends ?

Liam avait l'air plus intrigué que sceptique.

— Je crois que oui. Tu peux me montrer ?

Jenny l'observa attentivement, guettant une expression moqueuse. Elle n'en perçut pas la trace.

Elle était émue de partager cela avec lui, car ces cartes avaient pour elle une grande valeur sentimentale. Elles venaient de sa grand-mère, le seul membre de sa famille qui ne l'eût pas complètement abandonnée lorsque son existence s'était effondrée.

Mais si Liam devait faire partie de sa vie, ne serait-ce qu'en tant qu'ami et co-parent, il méritait de savoir qui elle était vraiment. Et si elle voulait connaître ses secrets, elle avait conscience qu'il lui fallait être prête à livrer les siens.

Peut-être les cartes pourraient-elles l'y aider ?

Elle hocha la tête.

— D'accord, alors. Je vais te tirer les cartes. Mais, je te préviens, je ne suis pas très douée !

Liam regardait avec curiosité Jenny rassembler les cartes éparpillées pour les battre à nouveau. Il était surpris que quelqu'un d'aussi pragmatique et rationnel puisse s'intéresser au tarot divinatoire.

Il voulait aussi en savoir plus sur sa grand-mère, qui avait beaucoup compté pour elle, mais n'était plus là aujourd'hui. Cela signifiait-il qu'elle était seule au monde, et n'avait que Winter ? Et le bébé, bien sûr…

Et… lui ?

Elle lui tendit les cartes.

— Que dois-je faire ?

— Mélange-les, répondit-elle.

Il battit les cartes avec précaution, mais lorsqu'il voulut les rendre à Jenny, celle-ci secoua la tête.

— Pose le paquet sur la table, lui dit-elle, et coupe à l'endroit que tu souhaites. Ensuite, prends la carte du dessus et retourne-la.

Liam s'exécuta, et découvrit un homme et une femme nus, près d'un serpent enroulé autour d'un arbre. Les Amoureux, disait la carte. Adam et Ève dans le jardin d'Éden ! La tentation incarnée…

Il leva les yeux vers Jenny, qui soupira.

— Évidemment.

— Je pense que je peux interpréter ça tout seul ! lança-t-il en plaisantant.

Les yeux mi-clos, elle fixait la carte, et il se demanda ce qu'elle allait lui dire.

— Oui et non, lâcha-t-elle enfin. Les Amoureux nous placent devant un choix, une décision à prendre en matière de relation sentimentale. Cela peut impliquer des sacrifices, mais aussi des tentations. Celles du cœur et de la chair, et…

Elle s'interrompit.

— Et ?

— Grand-mère disait toujours que cette carte représentait aussi la perte de l'innocence. À cause du symbolisme du jardin d'Éden, je suppose. Elle disait aussi qu'on ne pouvait pas revenir sur une mauvaise décision une fois qu'elle avait été prise.

— Hmm…

Liam s'adossa à sa chaise. Maintenant qu'elle avait expliqué plus en détail la signification de cette carte, elle lui semblait en effet très prémonitoire : s'il choisissait de partir à la fin de la semaine, de renoncer à ses droits parentaux, c'était fini. Il n'y aurait pas de retour en arrière possible.

— Je crois que je comprends ce que tu veux dire quand tu prétends que les cartes montrent le présent plus que l'avenir.

— C'est vrai ? Les cartes ne sont que des symboles que nous interprétons en fonction de nos vies respectives, de nos préoccupations présentes.

Il fronça les sourcils.

— Comment cela ?

— Si je n'étais pas venue ici cette semaine et que tu avais tiré cette carte, tu n'aurais pas pensé à la décision que tu dois prendre au sujet du bébé. Tu aurais pensé qu'il était temps de rencontrer quelqu'un d'autre, peut-être, ou de choisir de rester seul.

— Oui. J'aurais pu aussi me demander si je devais rappeler la belle jeune femme avec qui j'ai passé une semaine merveilleuse en Islande, par exemple…

Elle lui adressa un sourire, qu'il lui rendit avant de regarder de nouveau la carte.

— Pourquoi es-tu venue ici, vraiment ? demanda-t-il soudain.

Elle sembla surprise par la question.

— Je te l'ai déjà dit. Tu aurais préféré que je ne le fasse pas ? Que je te cache l'existence du bébé ?

Oui, murmura une petite voix en lui. Il n'aurait alors pas eu à prendre de décision sur un avenir auquel il ne croyait pas.

— Non, s'entendit-il répondre, frustré de ne pas pouvoir encore donner un sens à tout cela. Tu es jeune, belle, intelligente… Pourquoi te contenter d'élever un enfant avec moi, plutôt que de partir à la recherche du véritable amour et d'une vie heureuse ?

Elle travaillait avec Winter. Elle devait savoir que c'était possible. Pourquoi ne le faisait-elle pas ?

Jenny ne répondit pas, et détourna le regard tandis qu'elle rangeait les cartes. Il y avait une histoire derrière tout cela, une histoire qu'il avait pressentie dès qu'il avait su, pour le bébé. Et il voulait qu'elle la lui raconte.

— Même en Islande, tu étais certaine que, entre nous, cela ne pourrait être plus qu'une aventure, ajouta-t-il.

Elle répliqua aussitôt :

— Toi aussi.

— Oui, et j'avais de bonnes raisons.

Il la fixa jusqu'à ce qu'elle lève les yeux vers lui.

— Je veux connaître les tiennes.

Elle soutint son regard pendant un long moment, mais finit par céder.

— J'ai eu une mauvaise expérience en amour, qui m'a causé un grand chagrin. Franchement, quelles que soient les merveilles supposées de l'amour véritable, cela ne m'intéresse pas.

— Que s'est-il passé ?

La pause qui suivit fut suffisamment longue pour qu'il se demande si elle était occupée à inventer un mensonge. Pourtant, lorsqu'elle parla, sa voix avait les accents de la sincérité.

— J'étais jeune, et je tournais pour la première fois dans une série télévisée au Canada. J'ai eu le coup de foudre.

Elle haussa les épaules, et Liam sentit un sentiment de malaise l'envahir.

— Tu es tombée amoureuse d'un acteur ?

C'était une histoire qu'il ne connaissait que trop bien.

Travailler si étroitement ensemble, loin du monde réel, exaltait les sentiments – surtout lorsque les gens passaient leurs journées à faire semblant d'être amoureux devant la caméra ! Il n'y avait qu'un pas à franchir pour que cela se produise dans la vraie vie.

Parfois, cela marchait, comme pour Winter et Josh. D'autres fois…

Elle acquiesça.

— Anthony. Il était marié…

Liam grimaça.

— Cela s'est mal terminé, je suppose ?

— Bien sûr, poursuivit-elle sans lever les yeux. Il m'a dit que son mariage était une imposture, un simulacre d'union, et que l'amour entre lui et sa femme s'était éteint des années auparavant. Mais il ne s'était jamais soucié de mettre fin à cette relation…

— Jusqu'à ce qu'il te rencontre, acheva Liam.

Le dégoût l'envahit lorsqu'il imagina Jenny, avec la naïveté et l'enthousiasme de sa jeunesse. Elle ne s'était sans doute même pas rendu compte qu'elle s'engageait sur un terrain glissant.

Il avait connu des situations similaires dans sa propre jeunesse – des femmes plus âgées qui voulaient se servir de lui pour rendre leur mari jaloux ou pour choquer les journalistes. Loin de l'aimer pour lui-même, elles ne se souciaient que de sa notoriété, dont elles espéraient tirer profit.

Il s'en était rendu compte et cela l'avait profondément déçu. Heureusement, il n'était jamais vraiment tombé amoureux d'aucune d'entre elles.

Jenny, elle, s'était donnée corps et âme.

Elle posa les cartes bien empilées sur la table et leva enfin les yeux vers lui.

— Tu peux imaginer ce qu'il s'est passé ensuite. Je pensais que nous allions partir ensemble vers le soleil couchant et vivre heureux jusqu'à la fin de nos jours, et il…

— Il est retourné auprès de sa femme.

Ses doigts se posèrent sur les cartes, mais elle ne les reprit pas.

— Les choses auraient dû en rester là, mais il était célèbre. Pas autant que toi, mais suffisamment. Et elle aussi. Notre histoire a fait la une des journaux…

Soudain, un déclic se produisit dans le cerveau de Liam. La première fois qu'il avait vu Jenny, à la télévision, lors d'une conférence de presse donnée par Winter avant son arrivée en Islande, son visage lui avait semblé familier. Mais à l'époque, il n'avait pas pu déterminer d'où il la connaissait.

Maintenant, il savait. Il avait vu des photos d'elle sur Internet et dans la presse people, il y a environ six ans. Il n'y avait pas prêté beaucoup d'attention à l'époque, car ce n'était qu'un scandale de plus dont la presse faisait des gorges chaudes pendant un mois ou deux, avant de l'oublier complètement.

— Que s'est-il passé ? demanda-t-il, hésitant, comme s'il ne voulait pas l'entendre.

Comme elle ne répondait pas, il insista :

— Dis-moi, Jenny.

9

Jenny hésitait à aller plus loin. Avoir une liaison avec un homme marié – quels que soient les mensonges qu'il lui avait racontés sur sa femme et l'état de son mariage, et le nombre de fois où il lui avait promis de divorcer et de l'épouser – restait la chose la plus honteuse qu'elle ait jamais faite.

Mais le fait de le perdre, de se rendre compte qu'il lui avait menti, n'était pas ce qui avait détruit sa foi en l'amour, ni sa capacité à accorder sa confiance.

C'est la suite qui fut la plus difficile à raconter.

— Lorsqu'ils ont lu les journaux, mes parents ont été horrifiés, raconta-t-elle. Toute ma famille, en fait. Ils ont toujours pensé que ma carrière d'actrice me mènerait à ma perte et, à ce moment-là, ils avaient sans doute raison.

Être actrice était pourtant son rêve. Lorsqu'on lui avait donné sa chance, elle avait vraiment eu l'impression que tous ses efforts portaient enfin leurs fruits, que ses rêves se réalisaient.

Plus tard, elle avait appris par une indiscrétion qu'elle n'avait été choisie que parce que la tête d'affiche voulait coucher avec elle. Les fans avaient commencé à poster des commentaires au vitriol, à l'insulter, et pire que tout, à mettre en doute ses talents d'actrice.

— Mes parents ont cru tout ce que les gens disaient de moi, murmura-t-elle, les larmes aux yeux, sans jamais essayer de distinguer le vrai du faux.

Or tout était mensonges, ou presque. La liaison soi-disant scandaleuse n'avait été qu'une petite romance discrète, comparée à ce qu'elle avait vu à Hollywood depuis qu'elle travaillait pour Winter. Il n'y avait pas eu de cadeaux coûteux ni de voyages lointains, et jamais elle ne s'était exhibée sur un tapis rouge ou n'avait été surprise par les paparazzis dans des situations compromettantes.

Mais sur le plateau, Anthony et elle avaient souvent flirté, et volé quelques moments de tendresse. Il y avait eu entre eux des promesses et des baisers qui en disaient long. Ils n'avaient jamais passé une seule nuit ensemble.

Jusqu'à ce qu'il insiste pour l'emmener dîner un soir, et qu'on les photographie en train de s'embrasser.

— Le pire, reprit-elle, c'est que j'ai découvert plus tard qu'Anthony avait appelé lui-même le photographe pour s'assurer qu'il nous surprendrait au bon moment.

Pendant tout ce temps, il s'était servi d'elle, alors qu'elle était amoureuse !

Liam laissa échapper un juron.

— Quoi qu'il en soit, on a mis fin à mon contrat – à sa demande, j'imagine.

Cela lui faisait encore mal aujourd'hui. Que quelqu'un ait pu la priver de son rêve si facilement, sans la moindre considération pour elle. Si encore elle l'avait mérité !

— Et ta famille ?

La question de Liam était délicate, et il mettait le doigt sur le point le plus douloureux de cette histoire.

— Ils m'ont reniée.

Ce n'était pas tout. Elle avait eu de nombreuses conversations tendues avec sa mère, et en voyant son père quitter la pièce chaque fois qu'elle y entrait, elle avait compris que ses parents avaient hâte de la voir partir.

— Tous m'ont rejetée. Seule ma grand-mère me soutenait mais, hélas, elle est morte quelques mois plus tard.

— Et tu t'es retrouvée seule...

Cette fois, elle perçut de la compassion dans sa voix, ce qui l'étonna beaucoup. Il s'était retrouvé seul, lui aussi, n'est-ce pas ? Après ce tragique accident. Elle ne connaissait pas les détails, mais elle se rappelait ce que Winter et Josh lui avaient raconté.

Depuis, il s'était retiré du monde.

— Mais je ne suis pas restée seule longtemps, dit-elle, gênée par la pitié qu'elle lisait dans ses yeux. J'ai déménagé à Los Angeles, j'ai pris un nouveau départ. Au lieu de passer d'interminables auditions pour décrocher un rôle, j'ai obtenu le poste d'assistante de Winter. Et c'est la meilleure chose qui me soit arrivée.

— Le métier d'actrice ne te manque pas ?

C'est une question qu'elle s'était souvent posée au cours des cinq dernières années. Le métier de ses rêves lui avait été enlevé, et elle détestait l'idée d'y avoir renoncé depuis. Mais... lorsqu'elle était actrice, elle avait toujours l'impression de se confondre avec son personnage, et de se perdre en lui. Peut-être que c'était différent pour d'autres acteurs – elle savait que Josh et Winter aimaient incarner d'autres personnes au cinéma. Mais pour elle, ce n'était pas le cas.

Pourtant, elle n'avait pas été surprise lorsque Winter avait décidé de s'essayer à la mise en scène. L'idée de créer une œuvre lui semblait bien plus intéressante que de donner la réplique à un partenaire.

Travailler pour Winter était un plaisir. S'il s'était agi de n'importe qui d'autre, le fait d'être une assistante personnelle lui aurait peut-être déplu, or c'était tout l'inverse, et elle adorait son nouveau métier.

Winter lui avait fait confiance. Elle lui avait donné de l'autonomie et des responsabilités. Une fois que Jenny avait prouvé qu'elle était à la hauteur de la tâche, Winter l'avait laissée faire comme elle l'entendait. Jenny s'occupait de leurs itinéraires, organisait les déplacements et l'hébergement, surveillait les personnes qui voulaient approcher sa patronne. Mais elle était aussi une conseillère respectée. Winter lui parlait des projets avant de décider ou non de s'y engager, et elle prenait en compte son opinion. Elles formaient une équipe, toutes les deux, et le mariage de Winter avec Josh n'y avait rien changé.

— Je ne sais vraiment pas, répondit-elle enfin. Je croyais que ce serait le cas, au début, mais j'ai trouvé autre chose. Quelque chose qui me convient beaucoup mieux. Pourquoi changer, dans ces conditions ?

Il lui adressa un sourire ironique.

— Tu as de la chance d'avoir compris cela, et de faire carrière dans un domaine qui t'intéresse. Trop de gens n'y parviennent jamais.

Parlait-il de lui ? Jenny se souvenait de la rapidité avec laquelle il avait éludé le sujet lorsqu'elle lui avait posé des questions un peu personnelles, la veille, dans la voiture. Mais maintenant qu'elle avait dévoilé tous ses secrets, peut-être serait-il prêt à partager les siens ?

Ou pas… Liam Delaney ne semblait pas être du genre à se livrer facilement.

Elle prit une grande inspiration et se jeta à l'eau.

En la voyant hésiter, il sut qu'elle s'apprêtait à lui poser une question personnelle.

— Et toi ? Tu m'as dit que, Hollywood, c'était fini pour toi. Tout ça ne te manque pas, même un peu ?

Est-ce que cela lui manquait ? Il s'en souvenait à peine !

Liam se tourna vers la forêt tropicale tandis que les bruits de la nature environnante remplissaient le silence. Il ne voulait pas vraiment répondre à sa question, mais elle lui avait dévoilé ses secrets et, s'il voulait gagner sa confiance, il se devait de lui rendre la pareille.

Elle avait perdu foi en l'amour, en la famille, et ne voulait pas tenter de nouveau sa chance.

Quant à lui, il avait perdu sa confiance en lui-même. Et il ne savait pas comment le lui expliquer.

— Cela ne me manque pas du tout, dit-il en cherchant les mots justes. C'est plutôt comme si c'était une partie de ma vie qui m'était devenue étrangère.

En tout cas, il ne reconnaissait pas la personne qu'il avait été à l'époque – et ne souhaitait pas remuer le passé.

— Alors, tu ne veux pas recommencer à tourner ?

La nostalgie qu'il perçut dans sa voix le troubla.

— Pourquoi ? Tu es fan ?

— Tout le monde l'est, non ? répondit-elle en haussant les sourcils. Tu étais une vraie star…

Il soupira.

— Oui, et cela me plaisait plus que de jouer la comédie. J'aimais les regards admiratifs posés sur moi, les rencontres, les fêtes… La boisson et la drogue, aussi. J'ai eu la chance de vivre la vie sans entraves à laquelle je pensais avoir droit.

Comme il détestait penser à l'homme qu'il avait été à l'époque !

Jenny resta silencieuse, attendant qu'il poursuive, ce qu'il apprécia. Raconter cette histoire était déjà assez difficile, et il ne se sentait pas capable de répondre à d'autres questions.

— Je me comportais comme un idiot. Et le pire, c'est que je n'en avais aucune conscience.

Il saisit la carafe qui trônait au centre de la table et se servit un verre.

— D'autres personnes ont essayé de m'alerter, Josh le premier. Mais j'étais tellement obnubilé par mon ego que je ne l'ai pas écouté. Je vivais le genre de vie que les stars de cinéma étaient *censées* vivre – du moins, je le croyais. Et puis j'ai rencontré Julie.

Elle aussi était actrice, bien sûr. En tant que star de cinéma, qui d'autre était-il supposé fréquenter ? Elle était blonde, belle et sexy, et elle aimait faire la fête autant que lui. Il avait cru l'aimer, étourdi par l'alcool et les soirées, mais certains jours, il se demandait s'ils n'étaient pas tous les deux pris à leur propre piège.

— Vous formiez un beau couple, dit Jenny.

Il y avait quelque chose derrière ces mots, une émotion qu'il mit un moment à saisir. Lorsque ce fut le cas, il faillit éclater de rire.

Ce n'était pas de la jalousie, réalisa-t-il, mais de la pitié. Ce qu'il pouvait comprendre, mais ne méritait vraiment pas.

Au cours des cinq dernières années, Liam avait pris l'habitude d'être toujours très honnête avec lui-même. C'était le seul moyen qu'il avait trouvé pour éviter de se détruire. Il était d'un tempérament ardent, excessif, et il était préférable que son entourage soit tenu à l'écart de ses frasques.

Mais plus il passait de temps avec Jenny, à réfléchir à un avenir auquel il avait refusé de penser depuis cinq ans, plus il se rendait compte que l'honnêteté était la seule chose qui leur permettrait de s'en sortir, à Jenny et lui.

— J'ai aimé Julie, dit-il sans détour. Mais si tu me crois incapable de m'engager dans une nouvelle relation parce que je suis toujours amoureux d'un fantôme, tu te trompes. Je ne suis pas le même homme que celui qui a connu Julie, et si elle n'était pas morte, ça n'aurait pas duré entre nous.

— Pourquoi pas ?

— Parce que j'aurais tout gâché. Parce que j'étais un loser, et que seul cet horrible accident m'a permis d'en prendre conscience. Combien de temps aurais-je pu continuer sur la voie de l'autodestruction, sinon ?

— Jusqu'à ce que tu quittes Hollywood, peut-être...

Il acquiesça. Il devait lui raconter la suite, il le savait. Mais comment ?

— Et tu as réussi à changer de vie, maintenant, reprit Jenny sans lever les yeux sur lui. Tu t'es ressaisi, et tu construis ces merveilleux hôtels pour les gens qui ont besoin de s'échapper du monde réel pendant un moment, parce que c'est ce dont tu as toi-même eu besoin après l'accident, n'est-ce pas ?

— Oui. C'est vrai.

Elle releva le menton et croisa son regard.

— Tu as fait tout ce chemin et c'est très bien, Liam. Mais quelle est la suite ? Qu'est-ce qui t'empêche encore d'aller de l'avant, aujourd'hui ? Je comprends que tu ne veuilles pas risquer de retomber amoureux, mais nous pouvons envisager un avenir différent maintenant, et je me demande ce qui te retient de saisir cette chance.

C'était une question légitime, que n'importe qui d'autre aurait posée bien avant. Mais Jenny lui avait donné l'espace dont il avait besoin pour surmonter ses émotions, et leur semaine s'achèverait bientôt.

Il devait faire face à ses démons. Et Jenny avait le droit de les connaître.

— Julie était enceinte quand elle est morte, dit-il dans un souffle.

Tout à ses souvenirs, il entendit à peine le cri de surprise que poussa Jenny.

— De dix semaines, poursuivit-il. Nous étions aux anges, avec la naïveté qu'on ressent quand tout s'annonce comme une merveilleuse aventure. C'est pour cela qu'elle conduisait – j'avais la tête ailleurs, je fêtais la nouvelle, même si nous la connaissions depuis quelques semaines, et c'est elle qui était sobre, pour une fois.

Elle avait voulu rentrer chez elle. Elle était fatiguée, un peu nauséeuse, et contrariée parce qu'elle ne pouvait pas boire, contrairement à lui. Mais il lui avait demandé de l'accompagner à cette soirée, arguant du fait que cette grossesse ne devait rien changer. Qu'ils méritaient toujours de vivre leur vie, de ne pas hypothéquer leur bonheur au profit de l'enfant. Que si c'était ce qu'elle attendait de lui, elle n'avait qu'à partir maintenant.

Quel imbécile il avait été ! Elle n'était pas partie. Elle était restée, et l'avait attendu pour le ramener après la soirée bien arrosée. Mais elle était fatiguée, et elle avait grillé un feu rouge qu'il était trop ivre pour voir, et l'autre voiture avait surgi de nulle part…

Et en un éclair, le rêve d'une vie parfaite et facile s'était évanoui.

— Je suis… vraiment désolée, Liam. J'ignorais tout de cet épisode de ta vie.

Elle prit sa main et la serra dans la sienne.

— La famille de Julie a résisté aux sollicitations des journalistes, Dieu merci, car pour ma part je n'étais pas en état de le faire. Je n'étais pas en état de faire quoi que ce soit, d'ailleurs.

Même ses souvenirs de cette époque étaient flous, ce qui était sans doute mieux, se dit-il.

— Finalement, j'ai fait un séjour dans un centre de désintoxication au milieu du désert et… je me suis remis d'aplomb. J'ai appris à m'adapter, à accepter, mais j'avais conscience que je ne pourrais jamais revenir à ma vie d'avant, et je n'en avais d'ailleurs aucune envie.

— Cela ne me surprend pas, murmura Jenny. Je sais un peu ce que l'on ressent quand on est au fond du gouffre.

C'était vrai, réalisa Liam en repensant à leurs histoires respectives. Ils avaient eu des expériences très différentes, bien sûr, mais ils avaient tous deux commis des erreurs et en avaient payé le prix. Ils avaient l'un et l'autre perdu gros, et avaient trouvé un moyen de continuer à vivre. De mettre le passé derrière eux et d'exister au jour le jour.

Mais aujourd'hui, l'avenir les appelait. Tous les deux.

— Je te crois, et j'espère que tu comprendras quand je te dirai le fond de ma pensée.

À son tour, Liam serra ses doigts dans sa paume.

— Si je pouvais tomber amoureux à nouveau, alors ce bébé serait sans doute une seconde chance pour moi – une sorte de rédemption, même. Mais je ne peux pas. L'amour n'est pas à l'ordre du jour pour moi, parce que je sais comme toi qu'il mène à la catastrophe, et je sais aussi que je serais incapable de survivre une nouvelle fois. J'ai honte de l'avouer, mais je ne suis pas assez fort pour prendre ce risque à nouveau. Donc, si nous décidons d'élever ensemble cet enfant, nous ne serons jamais rien d'autre que des parents. Des amis, peut-être, si nous avons de la chance. Mais il faut que tu saches que je ne pourrai jamais rien te donner de plus.

S'il avait vu le doute sur son visage, s'il avait pensé un

instant qu'elle espérait plus, qu'elle rêvait du conte de fées qu'il n'était pas en mesure de lui offrir, il serait parti sur-le-champ.

Mais au lieu de cela, il vit se refléter dans ses yeux les mêmes émotions que celles qui emplissaient son cœur. Une résignation teintée de tristesse.

Tout à coup, Liam se détendit. Jenny et lui étaient deux âmes brisées qui tentaient de survivre dans un monde qu'elles ne reconnaissaient pas, et pour lequel elles n'étaient pas armées.

Et si ce bébé était leur chance de bonheur, après tout ? Leur seule chance ? se demanda-t-il alors que ses certitudes fondaient comme neige au soleil.

10

— On ne prend pas le 4x4 aujourd'hui ? demanda Jenny alors que Liam tendait les clés de la voiture à l'un de ses employés.

— Non.

Liam se tourna pour attraper un petit sac à dos contenant de l'eau, un spray antimoustiques, de la crème solaire et des en-cas.

— Aujourd'hui, nous partons à l'aventure ! Il n'y a pas de route là où je veux t'emmener, alors nous irons à pied.

Jenny prit son propre sac à dos et le suivit sur un sentier presque caché, à travers la forêt tropicale qui s'épaississait. Après leur conversation de la veille, l'ambiance entre eux semblait meilleure, à bien des égards. Ils s'étaient dévoilé leurs secrets, découvrant qu'ils avaient plus en commun qu'ils ne l'avaient imaginé. Liam ne refusait pas de s'engager parce que son cœur était brisé à jamais, mais pour les mêmes raisons qu'elle : parce que l'amour n'était pas éternel.

Pour que l'amour dure, il fallait avoir beaucoup, beaucoup de chance, or Liam et Jenny savaient déjà qu'ils n'étaient pas des plus chanceux.

Mais au moins, ils étaient sur la même longueur d'onde. Et maintenant qu'ils s'étaient confiés l'un à l'autre, aucun d'eux n'avait plus à s'inquiéter des attentes excessives de son partenaire, et cela la rassurait beaucoup.

Certes, elle était enceinte d'une ex-star du cinéma avec laquelle elle n'était pas en couple, et à présent qu'elle en savait plus sur son passé… eh bien, il était beaucoup plus facile de comprendre pourquoi Liam souhaitait prendre du recul par rapport à la situation.

Pourtant, elle avait un bon pressentiment alors qu'ils se mettaient en route pour la petite randonnée que Liam lui avait présentée comme très agréable. Après quelques jours dans la forêt tropicale, et quelques nuits dans la plus incroyable cabane qu'elle ait pu voir, elle était intriguée. Quelles merveilles allait-elle encore découvrir ?

Au-dessus d'eux, la canopée de la forêt tropicale se refermait, obscurcissant le sentier. Ils avaient l'impression d'être seuls au monde, mais elle savait que la nature environnante grouillait de vie. À chaque pas, elle entendait le bourdonnement des insectes, les cris des oiseaux et le bruissement des feuilles.

Liam s'arrêta devant elle, si brusquement que, lorsqu'il se retourna, elle se retrouva pressée contre son torse luisant de sueur.

— Regarde, souffla-t-il en désignant du menton un arbre tout proche.

Troublée malgré elle par le contact de sa peau, Jenny essaya de se concentrer sur ce qu'il lui montrait. Là, allongé sur une des branches de l'arbre, juste au-dessus de leurs têtes, à l'écart du chemin, se trouvait une silhouette noire et poilue dotée de mains et de pieds surdimensionnés, et d'une longue queue noire enroulée.

— Un singe hurleur, murmura Liam. Tu en as sûrement déjà entendu, mais nous avons de la chance d'en apercevoir un ici.

— Est-ce qu'il dort ?

L'animal semblait s'être installé pour une sieste.

— Probablement. Ils dorment beaucoup. Et quand ils ne dorment pas…

Comme le singe faisait mine de bouger, il s'interrompit, et Jenny retint son souffle…

D'un seul coup, l'animal bondit sur ses pattes, leva la tête et poussa un cri aigu.

Jenny ne put s'empêcher de rire de plaisir, et Liam l'imita, tandis que le singe s'enfuyait, sautant de branche en branche.

— Je me demande ce que nous allons voir d'autre, dit Liam alors qu'ils reprenaient la route.

Le sentier n'étant pas assez large pour qu'ils puissent être côte à côte, Jenny marchait derrière Liam, troublée malgré elle par ses fesses musclées sous son short moulant et ses larges épaules, qu'elle se surprenait à regarder un peu trop souvent.

Ils s'arrêtèrent pour admirer un paresseux qui se prélassait sous une branche et des toucans aux couleurs flamboyantes, mais Jenny avait l'esprit ailleurs.

Liam et elle n'avaient plus que très peu de temps pour décider s'ils allaient élever cet enfant ensemble. Bientôt, elle quitterait le Costa Rica, et devrait laisser Liam derrière elle.

Et ils avaient juré de ne pas se toucher jusqu'à ce qu'ils aient pris une décision ferme concernant l'avenir.

Elle s'efforçait de chasser de son esprit l'idée que Liam et elle formaient un couple, mais cela n'était pas facile car leur relation avait commencé comme une aventure purement sensuelle. Apprendre à connaître Liam en tant qu'homme n'avait pas chassé son désir pour lui.

La chaleur qu'elle ressentait à chaque fois que son regard

croisait le sien ou que sa main frôlait son bras ne faisait qu'ajouter à son trouble. Car elle savait bien qu'il éprouvait la même chose…

Ils étaient convenus de ne pas faire l'amour avant d'avoir pris une décision – et avant qu'elle quitte le Costa Rica, à la fin de la semaine.

Ils n'avaient pas dit qu'ils ne pouvaient pas prendre la décision plus tôt et profiter comme ils l'entendaient du temps qu'il leur restait à passer ensemble…

Jenny chassa bien vite ces pensées importunes pour se concentrer sur les merveilles qu'il lui montrait.

Le chemin s'ouvrait sur une clairière semblable à celle par laquelle ils étaient entrés dans la forêt et ponctuée de quelques cabanes sur pilotis, de plus en plus nombreuses à mesure qu'ils se rapprochaient de la plage, visible à travers les arbres.

— C'est la plage que nous avons visitée l'autre jour ?

Elle ne se souvenait pas avoir vu de cabanes, mais elle était un peu distraite, ce jour-là.

Liam secoua la tête.

— Non, mais elle n'est pas loin.

— Je ne me suis pas rendu compte de la distance que nous avons parcourue.

Elle avait été bien trop occupée à regarder ses fesses !

Il lui adressa un sourire amusé, comme s'il avait deviné ses pensées.

— Ceci est un complexe hôtelier, mais nous ne sommes pas concurrents, car nous visons un marché différent. Cet endroit est destiné aux familles, pour commencer, alors que le mien s'adresse aux couples ou aux voyageurs solos. Mais j'ai pensé que tu aimerais voir à quoi il pourrait ressembler une fois terminé.

Jenny se retourna lentement pour admirer le site. L'entrée principale se faisait par une grande arche de bois, construite au bord d'une route parallèle à la plage et où se trouvait la réception. Sur un coup de tête, elle se dirigea vers un grand panneau d'affichage donnant des informations sur les attractions locales : plongée avec masque et tuba, trekking en forêt, et même une tyrolienne géante...

Elle écarquilla les yeux. Elle était parfois sujette au vertige, mais elle aimait la sensation de glisse. Traverser la forêt en tyrolienne devait être merveilleux, et plus spectaculaire que d'admirer la jungle depuis la terrasse de la cabane.

Une main s'enroula autour de son poignet et Liam l'entraîna un peu à l'écart.

— Notre randonnée n'est pas terminée.

Il resserra légèrement sa poigne, puis la lâcha.

— Pourtant, j'aurais bien aimé faire un petit tour de tyrolienne.

— Certainement pas ! Ce n'est pas bon pour le bébé. Allons plutôt prendre un verre et manger quelque chose dans ce petit café avant de continuer.

Jenny le suivit jusqu'à une cabane sur pilotis, aménagée avec de jolies tables, tandis que les paroles qu'il venait de prononcer tournaient en boucle dans sa tête.

« Ce n'est pas bon pour le bébé. »

Pour quelqu'un qui, il y a trois jours, ignorait qu'elle ne pouvait pas boire trop de café ou se baigner dans les sources chaudes, il se comportait de manière étonnante ! Elle avait l'impression que Liam était en train d'évoluer, qu'il s'intéressait à cette grossesse et avait peut-être même pris une décision quant à la suite des événements. Et elle se sentit envahie d'un espoir fou.

Parce que s'il avait pris sa décision… eh bien, les restrictions qu'ils s'étaient imposées pourraient prendre fin !

Et cette idée lui plaisait beaucoup.

Il n'aurait pas dû la faire marcher devant lui.

Le sentier qu'il voulait suivre n'allait que dans un sens, aussi n'était-il pas nécessaire qu'il ouvre la marche. Mais marcher derrière Jenny, et passer toute la randonnée à regarder ses jolies jambes et ses fesses galbées que son short couvrait à peine, risquait d'être un véritable supplice…

Il se força à lever les yeux, qui se posèrent sur sa longue queue-de-cheval blonde, attachée haut sur sa tête et qui se balançait à chaque pas. Soudain, des souvenirs assaillirent son cerveau – ses cheveux où il aimait tant glisser les doigts étalés sur l'oreiller sous elle, ou encadrant son visage tandis qu'elle le chevauchait…

Liam cligna des yeux pour chasser ces pensées érotiques et continua de scruter les arbres à la recherche d'autres singes hurleurs.

Tant que la question de ce qu'ils allaient faire ensuite était restée en suspens, il avait été, non pas facile, mais au moins *possible* de garder ses distances avec Jenny. Mais après la conversation de la nuit dernière, Liam savait ce qu'il devait faire, même s'il n'avait pas encore partagé sa décision avec elle.

Il voulait se donner le temps de mûrir son choix avant de lui en faire part. Et même une fois qu'il lui aurait dit, il y aurait encore beaucoup de choses à régler – l'argent, pour commencer, car d'après son expérience, ce sujet était lui aussi très délicat.

Si la décision n'était pas une fin en soi, l'accord qu'ils avaient passé de ne pas se toucher jusqu'à ce qu'ils aient décidé de la suite des événements était, lui, toujours valide.

Jusqu'où irait-elle ? se demanda-t-il tandis que le chemin sous ses pieds serpentait à travers la végétation luxuriante. L'air autour d'eux était moite et humide, et sa chemise collait à son dos sous son sac.

Exigerait-elle que tout soit discuté dans les moindres détails avant de permettre à nouveau une quelconque proximité entre eux ? Et s'il faisait le mauvais choix – ou même le bon – mettrait-elle un terme à toute relation physique entre eux ?

L'incertitude le rendait fou. Ne pas savoir s'il pourrait à nouveau la toucher. L'embrasser. La tenir dans ses bras, l'entendre gémir de plaisir sous son corps…

Devant elle, Jenny, le souffle court, prit le dernier virage, faisant fuir un oiseau perché sur un arbre.

Liam sourit. Ils étaient arrivés. Enfin.

— Oh ! mon Dieu ! C'est la plus belle chose que j'aie jamais vue !

Liam se glissa à côté d'elle, aussi près que le permettait l'étroitesse du sentier, et savoura l'expression émerveillée de son visage.

Puis il se tourna vers la puissante chute d'eau qu'il l'avait amenée voir. Du haut d'une falaise, la source tombait en cascade sur les rochers, s'écrasant sur les affleurements et projetant de l'écume lorsqu'elle atteignait la rivière, au fond. Même de loin, le grondement résonnait avec force.

Autour d'elle, la forêt tropicale semblait s'épanouir encore plus généreusement, avec des fleurs aux couleurs vives, et le bruit omniprésent de la vie qui bruissait dans les arbres et le feuillage. La canopée s'ouvrait suffisamment pour pouvoir apercevoir un ovale de ciel d'un bleu éclatant, laissant passer des rayons de soleil qui accrochaient les gouttelettes d'eau, faisant apparaître de superbes arcs-en-ciel.

Jenny avait raison, c'était magnifique.

Mais pas aussi beau que son visage lorsqu'elle contemplait ce spectacle.

Elle se retourna enfin et lui sourit.

— Merci de m'avoir amenée ici.

Il tenta de chasser la boule qui lui nouait la gorge.

— Je voulais que tu voies cette merveille, avoua-t-il. Avant que tu partes.

L'allusion à son départ imminent ne sembla même pas la toucher.

— Pouvons-nous nous rapprocher ?

Les rochers étaient humides et glissants aux abords de la chute d'eau, et le courant très fort. Liam était déjà venu ici de nombreuses fois et avait vu une foule de touristes profiter du site, mais aujourd'hui, c'était différent. Jenny portait son enfant et, soudain, il ne songeait plus qu'au danger.

Il avait déjà eu bien du mal à la dissuader d'essayer la tyrolienne. Comment l'empêcher de satisfaire sa curiosité, dans ce cadre enchanteur ?

Elle sautilla comme une enfant, et Liam céda.

— Allez, viens ! Mais fais attention aux rochers.

Il lui prit la main et, ensemble, ils se frayèrent un chemin dans le sous-bois, jusqu'à la cascade.

Il la regarda avec appréhension escalader les rochers plats qui entouraient le lit de la rivière, en alerte et prêt à la rattraper au moindre dérapage. Mais Jenny avait le pied sûr et ne perdit pas l'équilibre. Il fut tout de même soulagé lorsqu'ils regagnèrent le sentier, après avoir admiré de près la cascade.

Le soleil commençait à descendre derrière les grands

arbres et une superbe lueur dorée envahissait la clairière. Ils avaient eu la chance d'avoir ce lieu pour eux seuls tout l'après-midi, mais il savait que des amateurs de coucher de soleil ne tarderaient pas à les rejoindre. S'il voulait qu'ils soient tous les deux en sécurité dans sa cabane avant que la forêt tropicale ne plonge dans l'obscurité totale, il ne fallait pas tarder. Il avait des lampes dans son sac, mais il préférait ne pas avoir à s'en servir.

— Prête à repartir ?

Jenny continuait d'admirer la cascade, et Liam fut malgré lui gagné par le romantisme de l'instant. À moins qu'il ne soit simplement sensible à la tentation que représentait Jenny Bouchard elle-même ?

Il s'avança derrière elle et enroula les bras autour de sa taille. Elle se crispa une seconde avant de se détendre, puis posa la tête contre son torse, et l'espace d'un instant, Liam eut l'étrange sensation que tout allait bien dans le meilleur des mondes.

Quand elle se retourna dans ses bras et posa sur lui son regard mordoré, il sut qu'elle avait autant que lui envie d'abandonner cette stupide règle d'abstinence.

— Liam…

Elle se passa la langue sur les lèvres, et il sentit son sang bouillir dans ses veines. Si elle l'embrassait maintenant, il ne répondait plus de rien…

— Nous ferions mieux de rentrer, dit-il, sa voix rauque trahissant son trouble. À la cabane, je veux dire. Avant qu'il fasse nuit.

— Je sais. C'est juste que…

Elle s'interrompit, et il lut l'impuissance dans son regard.

Au moins, il n'était pas seul à avoir du mal à gérer la situation !

Mais sa gêne ne durerait pas éternellement, il en était sûr. Un enfant, c'était un engagement pour toujours, qu'il avait pris sans même en avoir l'intention. Mais il y avait sûrement un moyen de séparer ses responsabilités parentales de l'attirance qu'il ressentait pour la mère de son enfant, non ?

Parce que, quoi qu'il arrive entre eux à l'avenir, il était sûr d'une chose : il voulait la posséder à nouveau.

11

Ils étaient si proches que Jenny sentait la chaleur de son souffle, de sa peau – et si elle se rapprochait un peu plus, elle saurait avec certitude si cette étreinte lui faisait le même effet qu'à elle.

Elle avait envie de lui, et brûlait de le sentir à nouveau tout contre elle, en elle…

Mais ils devaient d'abord prendre des décisions importantes. Et ce n'était pas ici, au beau milieu de la forêt tropicale, qu'il fallait… céder à leur désir mutuel.

Et pourquoi pas ? songea-t-elle soudain. Ils n'avaient croisé personne de toute la journée. Peut-être que les seuls à les voir étaient les singes hurleurs…

Concentre-toi, Jenny.

Non. Elle devait savoir ce que Liam avait décidé avant d'aller plus loin. C'était le principal obstacle. Ils pourraient régler les détails plus tard, mais il fallait qu'il lui révèle l'essentiel au plus vite, sous peine d'hypothéquer son avenir, leur avenir à tous les deux… Or elle ne voulait pas compliquer encore la situation.

Une petite voix en elle lui soufflait que, une fois qu'il aurait obtenu ce qu'il voulait d'elle, il n'aurait plus de raison de prendre une décision rapide. Or elle ne pouvait pas courir ce risque.

— Si tu savais comme j'ai envie de t'embrasser !

La main de Liam se fit plus lourde contre sa hanche, et elle le vit serrer les dents sous l'effet de la frustration qu'il s'imposait.

Et elle adorait ça ! Elle aimait voir cet homme fou de désir pour elle et tenter de résister, à tel point que son corps tout entier se rebellait.

Elle ne pouvait pas résister non plus. Pas complètement. Elle s'approcha un peu plus et, en sentant sa virilité durcir sous son short, elle comprit qu'il ne parvenait pas plus qu'elle à maîtriser le désir brûlant qui s'était emparé de lui.

Mais le désir n'était pas l'amour...

Liam ferma les yeux et Jenny s'écarta, juste assez pour rompre le contact. Elle avait senti qu'il voulait parler et, en effet, il prit une longue inspiration avant de déclarer :

— Nous nous sommes promis de ne pas mêler notre libido à la décision que nous devions prendre. Alors je crois qu'il vaudrait mieux nous mettre d'accord assez rapidement, n'est-ce pas ?

Il avait compris maintenant pourquoi cela comptait tant pour elle, espérait-elle. Il savait à quelle épreuve son cœur et son corps l'avaient mise, ces derniers jours.

La voix de Liam était tendue quand il ajouta :

— Parce que, franchement, je crois que ma libido est fatiguée d'attendre.

Elle ne put s'empêcher de rire, et le petit clin d'œil complice qu'il lui adressa acheva de la détendre.

Elle posa sur lui un regard dubitatif.

— Es-tu prêt à le faire, maintenant ? À décider de jouer ou non ton rôle de père ?

En un instant, son visage était redevenu sérieux. Grave, même.

Parce que c'était important. Il ne s'agissait pas seulement de leur avenir, ni même de s'accorder une nouvelle nuit ensemble afin d'assouvir leur désir. Il était question avant tout de l'avenir de *leur enfant*, et Jenny lui faisait confiance pour le prendre autant au sérieux qu'elle.

Cela était étonnant, maintenant qu'elle y pensait. Elle n'avait aucun doute concernant sa capacité à bien faire les choses, même si cela signifiait s'éloigner d'elle. À part Winter, il n'y avait personne au monde en qui elle eût autant confiance.

— Je pense que oui, dit-il doucement. En fait, je sais que je suis prêt.

Il y avait une assurance inébranlable dans ses paroles, et elle fut rassurée sur le fait qu'il n'agissait pas comme un homme prêt à lui raconter ce qu'elle avait besoin d'entendre pour l'attirer dans son lit. En fait, elle savait qu'il y avait de fortes chances pour qu'elle n'apprécie pas du tout ce qu'il avait à dire.

Mais elle respecterait son opinion, elle essaierait de la comprendre. Parce qu'elle *le* comprenait beaucoup mieux maintenant, et mesurait pleinement la force et la portée de l'engagement qu'elle lui demandait de prendre.

Liam Delaney avait tout perdu et s'en voulait. Il s'était reconstruit après avoir touché le fond, et s'était maintenu à flot par la seule force de sa volonté, en veillant à écarter de lui tout ce qui pouvait le faire replonger.

Elle ne nourrissait pas d'illusions, et ne lui demandait pas de prendre à nouveau ce risque, pour leur enfant.

Lui seul savait s'il était prêt pour cela, et elle devait respecter la conclusion à laquelle il était parvenu, quelle qu'elle soit.

Certaines personnes n'étaient pas faites pour devenir parents, se rappela-t-elle en songeant à sa propre famille.

Elle préférait que son bébé ait un parent aimant plutôt que deux parents que seul le sens du devoir unissait encore.

Elle préférait qu'il ne soit pas impliqué du tout plutôt que d'être quelque temps présent, puis de s'éloigner quand leur enfant lui serait attaché.

Elle savait que l'abandon pouvait détruire une personne, en lui donnant l'impression qu'elle ne méritait pas l'amour qu'on lui portait.

Personne ne ferait subir cela à son bébé.

— Alors...

Elle s'interrompit en entendant des voix sur le sentier par lequel ils étaient arrivés.

Apparemment, leur paix et leur solitude dans ce lieu magique étaient terminées. Elle recula encore d'un pas et attrapa son sac à dos pour masquer la déception qui l'envahissait.

— Nous reprendrons cette conversation dans la cabane.

La voix de Liam était toujours basse et rauque, et elle la sentait bourdonner dans son corps.

— Je pense que nous avons besoin d'un peu d'intimité pour discuter de tout ça. Et après...

La promesse était à peine voilée, et elle sentit son cœur pulser jusque dans son intimité.

Après...

Même si elle brûlait de connaître sa décision, elle devait bien admettre que la suite l'intéressait aussi. L'obsédait, même, à tel point qu'elle craignait que son désir prenne le dessus sur tout le reste. C'est son cerveau qui devait demeurer maître de la situation, pas son corps. Un peu de distance physique l'aiderait sûrement.

Et éventuellement, aussi, une douche froide !

Elle hissa de nouveau son sac à dos sur ses épaules.

— Alors, allons-y !

La randonnée jusqu'à la cabane permit à Liam de reprendre le contrôle de son corps, mais lorsqu'il ferma la porte derrière eux et que Jenny annonça qu'elle allait prendre une douche, il comprit que la tension n'était pas encore tout à fait retombée.

Ils allaient régler cette question ce soir, d'une manière ou d'une autre.

C'est dans cet état d'esprit qu'il se prépara : il commanda un repas, leur versa à tous deux une boisson sans alcool et s'assura que le salon était aussi confortable et convivial que possible.

Puis il alla se doucher à son tour. Tandis que l'eau fraîche frappait sa peau salée par la sueur, il repassa une dernière fois sa décision dans son esprit, déterminé à s'assurer qu'il prenait la bonne.

Il ferma ensuite le robinet et se laissa bercer par le silence, tout en s'habillant avec soin pour être prêt à affronter Jenny à nouveau.

— Notre dîner est là, dit-elle doucement lorsqu'il retourna dans le salon.

Vêtue d'un T-shirt souple et ample ainsi que d'un short qui épousait ses jolies courbes, elle était assise sur le canapé, les jambes croisées, une assiette posée sur ses genoux. Ses cheveux humides dont quelques mèches rebelles tombaient sur sa nuque et ses joues étaient noués au sommet de sa tête. Son visage était d'un rose éclatant, mais ses yeux restaient méfiants. Elle était sur ses gardes, c'était évident.

Qu'attendait-elle de lui maintenant ? Et était-il sur le point de répondre à ses attentes, ou de les décevoir ?

Entre eux, l'attirance persistait malgré tout. Il le perçut

dans ses yeux alors qu'elle le regardait préparer son assiette et prendre place dans le fauteuil, en face d'elle. Il ne fallait pas être trop proches pour cette conversation, il le savait.

Ils mangèrent en silence pendant de longues minutes, aucun des deux ne prenant le risque de regarder l'autre trop longtemps. Mais, même s'ils étaient affamés après leur randonnée, il ne pouvait pas faire durer le repas indéfiniment.

Après avoir avalé sa dernière bouchée de nourriture, Jenny leva les yeux vers lui.

— Alors… Tu as pris une décision ?

Il acquiesça.

— Oui.

Il se servit du riz et des haricots, puis mâcha longuement sa bouchée pour gagner un peu de temps avant d'entrer dans le vif du sujet. Il devait faire les choses comme il faut, et cela signifiait ne pas se lancer bille en tête dans la discussion, comme il le faisait toujours. Ou plutôt, *avant*. Car il n'était plus cet homme-là, et c'est bien pour cela qu'il avait accepté d'échanger avec elle.

— Tu veux bien me dire à quoi tu penses ?

À en juger par l'expression de son visage, Jenny avait compris sa tactique. Mais il ne se précipita pas.

— Tu sais à quel point la nouvelle a été un choc pour moi, commença-t-il. Et pourquoi ma première réaction a été une réaction de rejet.

— Oui. À cause de Julie et du bébé que vous avez perdu…

Ses paroles étaient calmes, douces, mais elle n'éludait pas ce qu'il lui avait dit et ne dissimulait pas cette tragédie sous des euphémismes prudents. C'était une bonne chose, décida-t-il, et ils devaient être clairs et honnêtes à ce sujet. C'était le seul moyen pour que cela fonctionne.

— J'ai encore peur aujourd'hui, admit-il. Je n'envisageais

pas de fonder une famille, et ton arrivée a bouleversé la vie que je menais, la vie que j'espérais avoir.

— Ce n'était pas vraiment prévu de ma part non plus, tu le sais, n'est-ce pas ? répliqua-t-elle, une pointe d'agacement dans la voix.

— Je sais. Ce que j'essaie de dire, c'est qu'il m'a fallu un peu de temps pour me faire à l'idée. L'idée d'être père...

Il ne serait jamais le genre de père qu'avait été le sien, Liam ne l'ignorait pas. Mais il avait aussi conscience qu'il devait essayer.

— Et maintenant, tu t'y es habitué ? Que veux-tu faire ?

— Je veux faire partie de la vie du bébé, l'entendit-elle affirmer. Je veux tenter... d'être un bon père.

Il scruta son visage, mais elle garda une expression totalement neutre, sentant peut-être qu'il n'avait pas encore terminé.

— Mais je ne peux rien t'offrir de plus. Je ne peux pas te donner de l'amour pour toujours. Je ne vais pas t'épouser juste parce que tu es enceinte de mon enfant...

Il leva la main lorsqu'elle fit mine de prendre la parole.

— Et je suis sûr que tu ne le voudrais pas, de toute façon.

— C'est bien vrai ! répliqua-t-elle. Je ne t'ai *jamais* demandé cela. Je ne le ferai pas.

— Je sais, répondit Liam.

Ce n'était pas son genre, et c'était l'une des choses qu'il appréciait le plus chez elle. Et l'une des raisons pour lesquelles il se sentait raisonnablement confiant pour la suite.

— Mais je veux que nous soyons amis. Pas seulement des co-parents qui s'échangent leur enfant sur le pas de la porte, sans se parler. Je sais qu'avant cette semaine nous n'avons jamais vraiment exploré quoi que ce soit en dehors de notre attirance physique. Mais ces derniers jours... j'aime à penser que nous sommes devenus amis.

Elle lui sourit tendrement.

— Moi aussi.

— Et je souhaiterais que cela reste ainsi, poursuivit-il. Je veux que nous puissions élever notre enfant ensemble, dans une ambiance bienveillante, et que nous lui donnions l'avenir qu'il mérite.

Le sourire s'agrandit.

— Cela me convient très bien.

— Parfait.

Pendant un long moment, il soutint son regard, se délectant de la chaleur de ce sourire, et tout lui parut possible.

Puis elle détourna la tête, regardant ses mains.

— Mais qu'en est-il de...

Elle prit une profonde inspiration, puis se força à prononcer les mots qu'elle retenait depuis longtemps.

— Ce qui s'est passé à la cascade... Cela va continuer entre nous, n'est-ce pas ? Je veux dire, si nous nous côtoyons souvent... que faire de cette alchimie ?

C'était une bonne question, Liam le savait, et il y avait beaucoup réfléchi au cours des dernières vingt-quatre heures. Il n'était pas sûr que la réponse qu'il proposait serait acceptable, mais c'était la seule qu'il eût pour l'instant.

— Il me semble que la force qui nous pousse l'un vers l'autre... est trop forte pour être ignorée. Et d'ailleurs, ce serait dommage d'y renoncer. Tu ne crois pas ?

Un éclair de chaleur dans ses yeux lui dit qu'elle était d'accord.

— Alors, que suggères-tu ?

Liam se leva et contourna la table pour s'asseoir à côté d'elle, sur le canapé.

— Je pense que, tant que les règles sont claires entre nous, il n'y a rien de mal à être amis – et co-parents – et plus si affinités, aussi longtemps que durera cette attirance. N'est-ce pas ?

Jenny le dévisagea alors qu'il la gratifiait d'un sourire mi-amusé, mi-gêné. Détournant le regard, elle attrapa son verre d'eau et essaya de réfléchir.

Elle pouvait refuser. Elle savait qu'il l'accepterait et s'en irait. Il ne la pousserait pas à bout et ne lui demanderait pas plus que ce qu'elle était prête à lui donner.

Et il avait été très clair sur ce que *lui* était disposé à donner.

Pas son amour. Pas pour toujours. Pas le conte de fées dont elle rêvait.

Mais ce n'était pas ce qu'elle avait demandé, de toute façon. Ni ce qu'il voulait offrir – à savoir, son amitié et sa confiance. Avec lui, elle était convaincue qu'elle pouvait entreprendre cette folle aventure qui consistait à élever un enfant.

Co-parents... C'était logique. Le soulagement qui l'envahit à mesure que ses paroles s'imposaient à elle était la preuve que, même si elle avait voulu le nier, et s'était répété qu'elle serait heureuse d'élever cet enfant seule, sa réponse était celle qu'elle espérait depuis le début.

Et être amis était une bonne idée. Ils formeraient une bonne équipe, tous les deux, elle n'en doutait pas. Elle *aimait* Liam en tant que personne, et ce n'était pas vraiment une surprise, parce qu'elle n'avait pas l'habitude de se donner à des hommes qu'elle n'aimait pas.

« Aussi longtemps que durera cette attirance. »

Lorsqu'il avait évoqué leur alchimie physique, elle avait senti une étrange chaleur envahir tout son corps. C'était aussi ce qu'elle avait eu envie d'entendre et, pourtant, cela signifiait également qu'il ne croyait pas que cela pourrait durer. Il fallait donc en plus qu'elle se prépare au jour où ce serait fini, et réfléchisse par anticipation à la manière dont elle réagirait lorsque la rupture surviendrait.

Pourrait-elle vivre avec cette épée de Damoclès au-dessus de la tête ? Serait-elle assez forte pour ne pas aller trop loin, trop vite, au-delà de ce que son cœur pouvait donner et recevoir ?

De nouveau, elle étudia son visage tandis qu'il attendait sa réponse, sans jamais la brusquer ni la pousser. Il lui accordait simplement le temps et l'espace nécessaires pour prendre sa décision. Il s'était même légèrement déplacé sur le canapé pour laisser de l'espace entre eux, mais cela ne changeait rien. Elle se serait rappelé la sensation de son corps contre le sien même si un océan les séparait.

L'attirance qu'ils partageaient n'allait pas disparaître de sitôt, alors ils allaient devoir y faire face, de toute façon. Et, oui, toute relation purement physique était destinée à s'étioler, et elle devrait s'y préparer. C'était une complication supplémentaire.

Mais elle ne pouvait pas supporter l'idée de ne plus jamais se blottir dans les bras de Liam…

Vraiment, il lui offrait la meilleure des vies possible. Un bébé, un ami qui la soutiendra pour l'élever, son indépendance et… des moments de plaisir. Que demander de plus ?

Mais elle allait être mère, ce qui signifiait qu'elle ferait toujours passer son enfant en premier.

— Et… si notre relation physique complique les choses entre nous, et compromet notre capacité à élever notre enfant ensemble…

— Nous y mettrons fin, coupa Liam. Sans états d'âme.

Le voir si sûr de lui la rassura.

— D'accord.

Elle but une dernière gorgée d'eau, posa son verre sur la table et se retourna pour l'embrasser.

12

Son corps tremblait toujours de plaisir lorsque Liam sortit de la douche. Il regarda Jenny encore endormie dans le lit qu'ils avaient à peine quitté depuis vingt-quatre heures. Mon Dieu, il était tenté d'y retourner !

Hélas, il ne pouvait pas se laisser distraire. Il fallait qu'il retourne sur le chantier de construction de l'hôtel, après avoir abandonné tout ce qu'il était possible entre les mains de ses employés cette semaine – et plus encore au cours des dernières quarante-huit heures. C'était lui le patron, le responsable, et il devait aller sur place.

Ensuite, il reviendrait ici le plus vite possible pour se glisser à nouveau entre les draps avec Jenny...

Il enfila un short et un T-shirt, et se pencha pour déposer un baiser sur la joue de Jenny, mais celle-ci tourna la tête.

D'une voix ensommeillée, elle demanda :

— Tu t'en vas ?

Sa chevelure blonde éparse sur l'oreiller, son corps alangui... Soudain, il se demanda si ses ouvriers avaient vraiment besoin de lui aujourd'hui.

— Je dois aller prendre des nouvelles du chantier, dit-il en écartant une mèche de cheveux de son visage. Je reviens bientôt.

— Tu es sûr ?

Ses mains chaudes glissèrent le long de ses cuisses tandis qu'elle lui tendait ses lèvres, et il sentit sa résistance s'évanouir.

L'instant d'après, les mains de Jenny disparaissaient sous son T-shirt, et ses ongles griffaient très légèrement ses épaules, d'une manière qui le rendait fou.

La bouche dans son cou, il souffla :

— Les gars sont seuls sur le chantier depuis trois jours maintenant, et...

— Ce n'est pas à une demi-heure près, si ?

— Une demi-heure ? répéta-t-il. C'est tout ce que tu attends de moi ?

Elle lui adressa un sourire plein de promesses.

— Pour commencer. Quand tu reviendras... j'aurai peut-être d'autres exigences.

Comment résister à cela ?

Il la laissa lui retirer son T-shirt et se débarrasser de son short avant de se glisser à nouveau entre les draps. Oui, les gars pouvaient attendre encore une demi-heure...

Une heure plus tard, Liam s'arracha aux bras de Jenny.

— Il faut vraiment que j'y aille, cette fois.

Elle n'essaya pas de le retenir. Elle se redressa et s'adossa aux demi-rondins de bois qui formaient la tête de lit.

— D'accord. Je t'accompagne ?

Il secoua la tête.

— Reste ici. Prends ton petit déjeuner tranquille et prépare-toi. Je ne serai pas long.

— Il faut que je fasse mes valises aussi, dit-elle, avant de laisser échapper un bâillement. Mon vol part demain.

Ce rappel lui noua la gorge, mais il l'ignora. Le monde était petit, et il pourrait la rejoindre à tout moment. Ils avaient conclu un arrangement, se rappela-t-il, et dans moins de six mois, un enfant les lierait pour le reste de leur vie.

Il sourit en songeant que cette idée, qui le terrifiait il y a une semaine encore, le rassurait presque aujourd'hui.

Il embrassa une dernière fois Jenny et se dirigea vers la porte tandis qu'elle lui faisait un vague signe de la main. Elle se rallongea avant même qu'il n'ait quitté la pièce, ce qui l'amusa. Il l'avait épuisée. Et il en était fier !

Il s'attendait à être assailli par des images de Jenny nue dans son lit alors qu'il descendait le sentier infesté de racines exposées menant au complexe hôtelier. Mais au lieu de cela, ce sont d'autres pensées qui lui vinrent à l'esprit, aussi insistantes que les singes hurleurs qui le réveillaient encore tous les matins.

Lorsqu'elle avait parlé de faire sa valise, il avait compris qu'elle allait *vraiment* partir. Bien sûr ! Elle avait un travail à Los Angeles, et lui devait se consacrer entièrement à son projet hôtelier dans les mois à venir.

Mais cette semaine-là avait filé si vite ! Il avait espéré avoir plus de temps pour… parler, et il était vrai que le fait d'avoir passé les deux derniers jours au lit n'avait rien arrangé.

Ils *avaient* parlé, tout de même, songea-t-il. De beaucoup de choses, abordant même leurs traumatismes passés et leur désillusion vis-à-vis de l'amour.

La veille, dans l'obscurité de la chambre, par exemple, ils s'étaient dit tout bas ce qu'ils espéraient pour leur enfant, évoquant son prénom et les traits qu'il hériterait de l'un ou de l'autre.

« Je veux surtout que cet enfant soit lui-même », avait murmuré Jenny alors que le sommeil commençait à la gagner.

Il avait déposé un baiser sur le sommet de sa tête et l'avait regardée s'endormir.

Oui, ils avaient parlé. Mais ce n'est qu'à l'approche de son départ qu'il dressait la liste de tous les sujets qu'ils n'avaient pas abordés.

Dans la cabane, ils avaient profité au maximum du temps passé ensemble, mais bientôt ils allaient devoir faire face à des questions plus compliquées.

Comme l'endroit où chacun d'eux vivrait. Le temps qu'ils passeraient ensemble. Le bébé irait-il d'une maison à l'autre ? Liam séjournerait-il chez Jenny chaque fois qu'il se rendrait à Los Angeles ? Comment s'organiseraient-ils pour s'occuper de lui et travailler en même temps ? Auraient-ils besoin d'une nounou ?

Tout à coup, les plaisanteries sur les prénoms ridicules ou sur la question de savoir si l'enfant aurait ses yeux lui semblaient bien futiles.

Un enfant, une famille… Cela demandait un peu d'organisation. Et Liam n'avait pas la moindre idée de par où commencer. Il détestait planifier l'avenir, parce que de toute façon rien ne se passait jamais comme on l'avait prévu, alors à quoi bon ?

Une fois que Jenny serait rentrée à Los Angeles, ils pourraient discuter par téléphone ou par e-mail. Ce serait plus facile, il en était sûr, que d'être sans cesse soumis à la tentation du corps de l'autre…

Tout ira bien, se rassura-t-il encore en apercevant son chef de chantier qui traversait la clairière dans sa direction, bloc-notes à la main.

Pour l'instant, il devait se concentrer sur son travail, et sur le moment présent. Un moment qui pourrait se révéler compliqué, à en juger par les sourcils froncés et l'air préoccupé du responsable du site.

Quand Jenny se réveilla, en milieu de matinée, elle resta un long moment à fixer les lattes de bois du plafond. Après deux jours ou presque passés dans ce lit avec Liam, le silence autour d'elle semblait assourdissant. Son corps se sentait abandonné sans ses doigts qui couraient sur sa peau. Même sa voix, dans la pièce vide, résonnait étrangement. Mais à quoi bon parler, s'il n'était pas là pour l'entendre ?

Elle se força à se lever et se dirigea vers la douche, tout en dressant mentalement une liste des choses à faire. Son travail d'assistante auprès de Winter lui avait appris à planifier, et à gérer au mieux les éventuels changements de planning. C'est pourquoi Jenny ne faisait jamais un seul plan ; elle avait toujours une solution de rechange à portée de main.

Lorsqu'elle était arrivée au Costa Rica, elle avait prévu d'annoncer sa grossesse à Liam, puis, dans l'éventualité où il ne voulait rien avoir à faire avec elle, d'aller passer quelques jours dans un hôtel de la ville. Elle en aurait profité pour réfléchir à son avenir de parent solo, avant de retourner à Los Angeles et d'en parler à sa patronne.

De toute évidence, ce plan avait changé. Le plan B consistait à donner à Liam le temps dont il avait besoin pour réfléchir et à utiliser ce temps pour apprendre à mieux le connaître. Cela, au moins, s'était déroulé comme prévu.

Mais, toute à sa passion physique pour Liam, elle n'avait toujours pas mesuré les conséquences de ce qu'il allait se passer ensuite. Comme son vol partait le lendemain, il fallait qu'elle y réfléchisse, et vite !

Elle ne pouvait pas retourner à Los Angeles et annoncer la grossesse à Winter sans avoir une ébauche de plan. Elle avait au moins besoin de savoir si elle pourrait continuer d'exercer le métier qu'elle aimait.

Et s'il s'attend à ce que je déménage au Costa Rica ? Ou dans le pays où il construira son prochain hôtel ?

Elle secoua la tête. Liam savait qu'elle n'était pas le genre de femme à suivre un homme à travers le monde, et il se montrerait conciliant sur ce point.

Mais elle avait encore besoin de savoir exactement à quoi elle voulait que leur avenir ressemble avant d'en discuter avec lui.

Douchée et habillée, elle s'installa dans le fauteuil du balcon, les cartes de tarot, son carnet et un stylo posés sur la table devant elle. Croisant ses jambes, elle ferma les yeux un instant et laissa les sons de la forêt tropicale apaiser son esprit embrouillé. La brise dans les feuilles. Les oiseaux au-dessus de sa tête. Les insectes qui gazouillaient et bourdonnaient autour des fleurs. Un animal plus grand dans les branches d'un arbre voisin – un singe, peut-être, ou même un paresseux.

Elle rouvrit les yeux et sourit à la beauté du monde, le cœur déjà apaisé.

Puis elle prit les cartes.

— Que me réserve l'avenir ? leur demanda-t-elle à mi-voix.

L'espace d'un instant, elle eut presque l'impression que sa grand-mère était là et regardait par-dessus son épaule pendant qu'elle mélangeait les cartes.

Mais lorsqu'elle tira la première, elle ne comprit pas ce qu'elle voulait dire. Elle plissa les yeux devant l'image du Quatre de bâton. Habituellement, cela annonçait une célébration, une joie, voire un mariage. Exactement ce que Liam et elle ne désiraient pas.

À moins qu'il ne veuille tout simplement pas l'avouer ? se dit-elle avec un pincement au cœur incongru. Non ! Jenny repoussa bien vite cette idée. Liam ne cherchait pas à s'engager ou à se marier, et elle non plus !

Et s'il rencontrait quelqu'un d'autre et que cela changeait tout ?

Elle retourna la carte sur la table et se rappela que les cartes de tarot ne pouvaient pas vraiment prédire l'avenir. Tout ce qu'elles étaient susceptibles de faire, c'était lui donner des indices pour interpréter son propre état d'esprit du moment.

Elle ne voulait pas d'un grand mariage, d'une famille heureuse et de tout ce que cette carte représentait.

Elle retourna la suivante et soupira en découvrant les Amoureux. De pire en pire !

Remettant les cartes dans leur sac, elle ouvrit son carnet et commença à écrire tout ce qui lui passait par la tête. Qu'attendait-elle de Liam et de leur accord de coparentalité ? Quel genre de mère voulait-elle être ? Qu'est-ce qui comptait le plus pour elle, et sur quel point était-elle prête à céder ?

Les mots venaient facilement, maintenant qu'elle était concentrée, et elle écrivit jusqu'à ce que sa main lui fasse mal. Des pages et des pages de pensées, de peurs, d'idées, d'espoirs et de rêves. Non pas sur le mariage ou les lendemains qui chantent, mais sur une vie et une relation épanouissantes avec son enfant.

Enfin, elle posa son stylo et sourit. Déjà, la forêt s'assombrissait.

Elle avait pioché un en-cas léger dans le frigo plus tôt, en songeant que Liam avait dû prendre du retard sur le chantier, mais l'heure du dîner approchait et il n'était toujours pas rentré !

Inquiète, elle rangea ses affaires dans la cabane et partit à sa recherche. Ils avaient vaguement parlé de sortir dîner, mais il voudrait peut-être passer leur dernière soirée à la cabane.

Après avoir descendu les escaliers, elle prit la direction du site du futur complexe hôtelier et croisa le chef de chantier.

Sans lâcher son bloc-notes, il lui désigna distraitement l'une des cabanes en cours de construction.

Jenny se dirigea vers l'endroit qu'il avait indiqué et fixa le grand arbre formant le centre de la structure. Elle pouvait attendre qu'il descende, ou…

Elle repéra l'échelle et le pont de corde qui menaient à la cabane, et décida de le surprendre.

Liam avait perdu la notion du temps, débattant avec le chef de chantier des difficultés liées à l'édification des cabanes. Il avait beau être un homme d'affaires aguerri et avoir beaucoup d'expérience en matière de construction de structures traditionnelles, les cabanes perchées, plus difficiles à concevoir qu'il l'avait imaginé, soulevaient des questions qui dépassaient ses compétences.

Pourtant, après un long après-midi passé avec son équipe et quelques consultations téléphoniques auprès d'experts, ils avaient enfin trouvé une réponse au problème qui les avait occupés toute la journée. Il pouvait donc rentrer dans *sa* cabane et inviter Jenny à dîner. Enfin !

Il venait de prendre congé de son chef de chantier, et se prépara à son tour à partir. Il se tourna vers l'ouverture provisoire, future porte de la cabane. L'escalier n'était pas encore construit, mais le pont de corde qu'ils avaient mis en place le jour de l'arrivée de Jenny menait à la plate-forme reliée utilisée pour stocker les outils.

Juste au moment de s'y engager, il aperçut Jenny qui arrivait en sens inverse.

— Jenny !

Il sourit, et elle leva les yeux pour lui rendre son sourire. Mais, à la façon dont elle se cramponnait à la corde qui servait de main courante, il comprit qu'elle n'était pas à l'aise. Il s'avança et tendit la main vers elle tandis que la passerelle oscillait sous son poids.

— Qu'est-ce qu'il y a ? Tout va bien ?

— Oui, répondit-elle en secouant la tête pour dissiper ses inquiétudes.

Soudain, le pont se mit à tanguer un peu plus fort, et il vit Jenny pâlir et serrer de toutes ses forces la corde de chaque côté de la passerelle.

— Tu es sûre ?

Il se rapprocha, juste au moment où elle avançait d'un pas. Puis, comme dans un film au ralenti, il vit le pied de Jenny glisser sur la planche de bois, humide à cause d'une brève averse survenue peu de temps auparavant. Son pied puis sa jambe frottèrent le bord rugueux, et son cri résonna dans la forêt...

Instinctivement, Liam franchit les mètres qui les séparaient et l'attrapa par le bras, juste avant qu'elle ne passe entre les deux cordes qui faisaient office de main courante.

Son cœur battait comme un fou, et il entendait le sang pulser à ses oreilles.

— Je vais bien. Liam !

Jenny tenta de se dégager et il desserra un peu son étreinte, sans la lâcher.

— Ça va, je t'assure. J'ai glissé, c'est tout !

— Tu as failli tomber !

— Mais je me tenais à la corde, dit-elle doucement. Lâche-moi, maintenant, et descendons !

Elle frissonna légèrement.

— Je n'aime pas beaucoup les passerelles. Surtout quand elles bougent...

Elle avait raison : il fallait se mettre vite en sécurité.

Alors, avec une profonde inspiration, il se mit en marche, la mâchoire serrée. Il la tint fermement par le bras, ne la relâchant que lorsqu'ils eurent tous les deux posé les pieds sur la terre ferme.

— Tu vas bien ? voulut-elle savoir, le front plissé par l'inquiétude.

— C'est moi qui devrais te demander ça !

Sa voix tremblait, il s'en rendit compte. Comme si c'était *lui* qui avait failli tomber. Qui avait failli mourir.

Si elle était tombée, la chute aurait été fatale. Sans aucun doute. Elle prétendait que les cordes l'auraient retenue, mais si cela n'avait pas été le cas ? Si l'une d'entre elles s'était rompue ? Elle aurait chuté, et de cette hauteur, sur le sol dur et couvert de racines de la forêt tropicale...

Elle se serait rompu les os. Et elle aurait perdu le bébé...

Il aurait tout perdu. Encore une fois.

À cet instant, Liam eut l'impression que l'histoire se répétait.

Mon Dieu, il avait envie d'un verre ! Mais cela ne l'aiderait pas – cela ne l'avait pas aidé par le passé, et il savait que cette période était révolue pour lui.

— Je vais bien, répéta-t-elle en prenant son menton dans sa main et en le forçant à la regarder. Tu comprends ?

— Il faut aller à l'hôpital. Te faire examiner. Le bébé...

— Il va bien aussi, affirma-t-elle avec force. Je ne suis pas tombée, Liam. Tu m'as rattrapée. Je me suis à peine fait un bleu. Si tu as fini ta journée, on peut retourner à la cabane et décider où aller dîner. D'accord ? Je te le promets. Tout va pour le mieux.

Ce coup-ci, pensa-t-il en la laissant le guider vers sa cabane. Oui, cette fois, tout allait bien.

Mais qu'en serait-il la prochaine fois ?

13

Liam était en proie à la panique. Et elle le comprenait, car cet incident avait réveillé en lui les souvenirs du drame qui avait brisé sa vie, quelques années auparavant. Mais cette fois, comme elle le lui avait fait remarquer sur le chemin du retour, ce n'était en aucun cas sa faute et, surtout, elle allait très bien. En fait, il l'avait sauvée – bien qu'il maintînt qu'elle aurait retrouvé son équilibre même s'il ne l'avait pas prise dans ses bras. Après tout, elle ne s'était pas si mal débrouillée sur cette passerelle. Et d'ailleurs, si elle était tombée, elle aurait probablement atterri dans le filet de sécurité installé en dessous.

Ce n'était qu'un petit incident. Tout allait bien, et il ne restait plus qu'à en convaincre Liam. Elle avait l'intention de le faire au cours du dîner, si elle en avait l'occasion. Elle l'avait laissé prendre sa douche et en avait profité pour enfiler le vêtement le plus habillé qu'elle eût apporté, une jolie robe décolletée. S'il avait l'intention d'aller au restaurant de la plage, elle pourrait même se risquer à porter ses sandales à talons.

Il resta plus longtemps que d'habitude sous la douche, aussi prit-elle le temps de se coiffer et de se maquiller. Lorsqu'elle jeta un dernier coup d'œil dans le miroir, elle s'estima satisfaite.

C'était leur dernière nuit ensemble au Costa Rica, et elle avait l'intention d'en profiter. D'abord, un bon dîner qui les détendrait, puis, ensuite, une franche discussion sur la façon dont ils envisageaient leur futur rôle de parents. Ils pourraient parler de certains détails de leur accord qu'elle avait passé la journée à noter dans son carnet. Une fois qu'ils auraient mis tout cela au clair, ils pourraient rentrer et... partager une dernière nuit ensemble. Après tout, elle ne savait pas combien de temps s'écoulerait avant qu'il revienne à Los Angeles.

Enfin, tout semblait se mettre en place, contre toute attente. Avant cette semaine, elle s'était efforcée de ne pas trop espérer. Elle s'était préparée à faire cavalier seul, car elle savait qu'elle ne pouvait avoir confiance en personne d'autre pour construire l'avenir qu'elle souhaitait pour elle-même.

Mais maintenant... Liam n'avait pas la responsabilité de lui offrir le futur dont elle rêvait, et elle en avait toujours le contrôle. Cependant, il était impliqué. C'était son partenaire, désormais, et cela faisait toute la différence.

Jenny souriait dans le miroir au moment où Liam ouvrit la porte de la salle de bains. Elle s'amusa de son air stupéfait, jusqu'à ce qu'elle se rende compte qu'il n'était pas habillé pour le dîner. Il était toujours en T-shirt et en short, et n'avait apparemment pas l'intention de se changer.

— Nous avions parlé de sortir dîner ce soir, dit-elle en se tournant vers lui.

— Oui, c'est vrai.

Il s'essuya une fois encore les cheveux, puis jeta la serviette derrière lui, dans la salle de bains.

— Mais j'ai pensé qu'après toutes ces émotions tu préférerais passer la soirée tranquille.

Elle cligna des yeux pour ne pas montrer sa déception.

— Liam, je te l'ai dit. Je vais bien. Je n'ai même pas été blessée.

— Mais… le choc ne peut pas être bon pour le bébé, n'est-ce pas ? insista-t-il en évitant son regard.

Quelque chose n'allait pas du tout.

— Qu'est-ce qui se passe, Liam ? demanda-t-elle sans détour.

Ils ne s'étaient jamais disputés auparavant, et elle n'avait pas l'intention de commencer maintenant.

Franchise et clarté. C'est grâce à ces deux principes qu'ils avaient pu parvenir à s'entendre, jusqu'ici. Et maintenant, elle avait plus que jamais besoin qu'ils soient respectés.

— Rien du tout. Je suis juste… inquiet pour toi.

Ce n'était pas tout, elle le sentait. En vérité, il s'agissait de tout autre chose.

Oh ! mon Dieu ! Il avait changé d'avis.

Elle se laissa tomber sur le bord du lit, persuadée d'avoir deviné la raison de son trouble. Elle n'avait pas besoin qu'il croise son regard, ni même d'entendre les mots qu'il s'apprêtait à prononcer, même si elle avait bien l'intention de les lui faire dire. Pour que ce soit bien réel, et qu'il se rende compte du mal qu'il lui faisait.

Mais son silence était éloquent, et s'insinuait douloureusement dans son cœur, seconde après seconde.

Alors qu'elle avait réussi à avoir suffisamment confiance en lui pour croire qu'ils pouvaient réussir, pour se livrer sans retenue, ses efforts étaient en train de se retourner contre elle. Comme jadis, quand Anthony l'avait abandonnée après lui avoir promis le mariage. Et comme ses parents après lui…

Son instinct ne la trompait pas : Liam voulait reprendre sa liberté.

La Jenny d'avant l'aurait regardé partir. Elle aurait cru que c'était sa faute, qu'elle aurait dû agir différemment. Et peut-être aurait-elle ce genre de pensées plus tard, une fois qu'elle serait à nouveau seule, mais pour l'instant... elle allait l'obliger à lui expliquer exactement les raisons de sa décision !

Elle avait besoin d'honnêteté et de clarté. Une dernière fois.

La douche n'avait pas dissipé le dégoût de soi qui s'était immiscé en lui sur le chemin du retour à la cabane. Le simple fait de songer à ce qu'il s'apprêtait à faire le tourmentait, et il savait que ce sentiment ne s'estomperait pas rapidement.

Pourtant, mieux valait se comporter comme un salaud maintenant que de laisser un quelconque espoir à Jenny.

Pour les protéger, elle et le bébé, il devait se retirer, sortir de leur vie. Ils seraient mieux sans lui, car il ne pouvait pas être l'homme dont ils avaient besoin. Dont *elle* avait besoin.

Il ne pouvait que leur apporter souffrance et malheur. À cause de lui, la première femme qu'il avait aimée était morte, emportant avec elle leur enfant à naître. Et, même si Jenny avait raison et qu'elle allait bien après l'incident d'aujourd'hui, ce n'était pas la question.

Le fait est que son existence était incompatible avec une vie de famille agréable et sûre. Avec l'amour-toujours et les petites joies du quotidien. Avec la stabilité.

Or elle méritait tout cela, et son bébé aussi.

Comment avait-il pu s'imaginer, ne serait-ce qu'un instant, qu'il pouvait être l'homme qu'il lui fallait ?

Après l'accident, Liam s'était reconstruit comme il avait pu, et chaque jour, il s'astreignait à des règles de vie qui lui permettaient de rester en bonne santé et sain d'esprit.

Il ne buvait plus, et savait garder la maîtrise de lui-même et gérer ses angoisses. Il se concentrait sur ce qu'il était en mesure d'apporter aux autres en développant son entreprise, en envoyant de l'argent à ses parents, en offrant aux personnes qui en avaient besoin un espace sûr et agréable pour se ressourcer.

Pourtant, aujourd'hui, il avait failli perdre Jenny et le bébé sur cette passerelle. Cet incident lui avait rappelé la règle d'or qu'il avait prise pour devise pendant son deuil, alors qu'il essayait simplement de trouver un moyen de continuer à vivre.

Ne plus jamais s'attacher à quelque chose ni à quelqu'un qui pourrait lui être brutalement enlevé.

Comment avait-il pu imaginer qu'il en allait différemment avec Jenny et son bébé ?

Parce que tu la voulais dans ton lit, pas dans ta vie...

Ils s'étaient juré de prendre leurs décisions sans que leur libido s'en mêle, mais ils avaient échoué.

Il n'avait pas pu lui résister, alors il lui avait donné ce qu'elle voulait – du moins le croyait-il.

Mais il ne pouvait pas lui offrir son amour. Ni la sécurité. Ou un avenir qui ressemblerait, même de loin, à celui qu'elle méritait.

Le croirait-elle s'il lui disait cela ? Comprendrait-elle et accepterait-elle ?

Il l'espérait, mais il ne pouvait pas prendre ce risque.

Ce qui signifiait qu'il devait mentir.

— Liam...

Jenny le regardait d'un air grave, assise au bord du lit. À l'endroit même où il l'avait laissée, nue et alanguie, ce matin...

Était-ce la dernière fois qu'il la voyait ainsi ?

— Dis-moi ce qui se passe, insista-t-elle.

Il prit une profonde inspiration.

— Je ne peux pas.

Loin de s'effondrer, elle fit face.

Son dos était bien droit, et son visage ne laissait rien transparaître. Mais la petite lueur au fond de ses yeux avait disparu.

— Tu ne peux pas faire quoi, exactement ? Tu peux me l'expliquer ?

La glace dans sa voix n'était pas familière. Tout entre eux avait toujours été si chaleureux ! Plein d'humour, d'affection, et… d'érotisme.

Plus maintenant.

— Mon chef de chantier a demandé une réunion aujourd'hui, c'est pourquoi je me suis absenté si longtemps.

Commencer par une vérité, puis ajouter un mensonge…

— Nous avons des problèmes sur le chantier, ici, au Costa Rica, et la construction va prendre plus de temps que prévu. Cela signifie que je vais devoir prolonger mon séjour, avant de passer directement au projet suivant.

— Le projet suivant ?

— Un terrain qui conviendrait tout à fait au genre d'établissements que je gère est à vendre. Mais je dois faire vite si je ne veux pas rater cette opportunité.

Il mentait. Il avait bien eu quelques réunions à ce sujet, mais il ne s'était encore engagé à rien. En vérité, il avait prévu de ne pas le faire pendant un certain temps, afin de mettre la dernière main au chantier du Costa Rica, avant de retourner avec Jenny à Los Angeles, ou ailleurs.

— Ce qui veut dire… ?

Elle le savait très bien, mais elle voulait l'obliger à le dire. Pour lui faire mal.

Il ne pouvait pas lui en vouloir.

— Je crois que… je n'aurai ni le temps ni l'énergie de m'occuper du bébé comme nous l'avions prévu.

Ils n'avaient pas vraiment discuté de la façon dont tout cela allait fonctionner, mais son imagination avait comblé les lacunes de leurs conversations.

Le cœur en déroute, il ajouta :

— Vraiment, je ne pense pas que ce serait une bonne chose d'être si peu disponible et si peu impliqué, de ne faire que passer en coup de vent, avant de disparaître à nouveau.

— Alors, tu fais ça pour notre bien ? ironisa Jenny, amère.

Il poursuivit, sans lui donner l'occasion de pointer les failles de son argumentation.

Il ne s'agissait pas de logique, mais d'instinct pur. Or son instinct lui hurlait de fuir avant de se retrouver dans une situation inextricable, qui le briserait pour de bon cette fois.

— Je pense qu'il vaut mieux que je sois une sorte de... partenaire invisible, déclara-t-il. Je te soutiendrai financièrement, bien sûr. Mais je ne veux pas faire partie de la vie du bébé.

— Ni de la mienne.

Mon Dieu, comme ça faisait mal, de prononcer ces mots !

— Non.

Le plus terrible, réalisa Jenny en le fixant, c'est qu'elle était *surprise* par ce revirement.

Elle n'aurait pas dû. Son expérience des hommes et des relations aurait dû l'alerter. Il avait obtenu ce qu'il voulait d'elle, et l'avait eue dans son lit pendant quarante-huit heures. Et apparemment, c'était suffisant. Pourquoi diable voudrait-il s'encombrer d'elle et d'un bébé maintenant ?

Elle eut un sourire triste. Au moins, elle n'aurait pas à dire à sa famille qu'elle allait devenir mère célibataire par choix, parce qu'ils avaient déjà coupé les ponts avec elle.

Mais choisir de garder ce bébé n'était pas une erreur. C'était son enfant, son avenir, et elle ferait tout pour se construire une vie heureuse. La meilleure vie possible.

Et tant pis pour Liam Delaney ! songea-t-elle, les larmes aux yeux. Elle avait perdu une semaine à imaginer une vie qui n'existerait jamais, parce qu'elle s'était laissée aller à croire en lui, en eux. Parce qu'elle s'était habituée à l'idée qu'ils formaient une bonne équipe, Liam et elle. Qu'avec lui, elle ne serait pas seule.

Et c'était vrai : elle ne serait pas *seule*.

Elle aurait son bébé. Ses amis. Elle irait bien. Mais elle aurait aimé s'épargner cet épisode sensuel avec Liam, qui n'engendrait que regret et frustration ; elle aurait dû se protéger contre cela.

Liam parlait toujours, remarqua-t-elle. Il parlait de transférer de l'argent sur son compte, d'aménager une maison qu'il possédait quelque part à Los Angeles... Mais rien de tout cela ne l'intéressait. Les détails pouvaient attendre.

Tout ce dont elle avait besoin pour l'instant, c'était de sortir d'ici la tête haute, avec dignité.

— Cela me paraît très bien, dit-elle calmement. Mais je te propose de régler les détails lorsque je serai de retour à Los Angeles et que j'aurai parlé à mon avocat. Je suppose que tu voudras un accord en bonne et due forme, surtout en ce qui concerne les droits parentaux.

Il avait accepté de les lui céder s'il n'était pas impliqué dans la vie de l'enfant, et elle allait lui demander de s'y tenir.

Liam cligna des yeux, légèrement surpris par ces paroles.

— C'est vrai. Oui, je pense qu'on devrait faire comme ça.

Elle acquiesça.

— Très bien. Je vais fixer un rendez-vous en visio pour tout régler.

Son ton était prudent, nota-t-elle, comme s'il avait du mal

à croire qu'il pouvait s'en sortir aussi facilement, sans cris ni larmes. Ni menaces...

Peut-être était-ce ce à quoi il était habitué dans ses relations : des femmes qui attendaient plus que ce qu'il était capable de donner et qui lui reprochaient son manque d'engagement. Jenny, elle, savait depuis le début qu'il ne s'engagerait pas, et pourtant elle s'était laissée aller à espérer.

Elle ne pouvait en vouloir qu'à elle-même.

Mais il n'était pas question de montrer sa déception.

— Bien sûr, fit-elle sèchement. J'ai été assez surprise quand tu as déclaré que tu voulais t'impliquer. Je sais que ce n'est pas ainsi que tu envisageais ton avenir. Comme je te l'ai dit le premier jour, je m'attendais à me débrouiller toute seule. J'avais raison à ton sujet depuis le début.

— Oui, sûrement, répondit-il avec un sourire amer.

Il ne s'était même pas rendu compte qu'elle jouait la comédie, sans doute soulagé qu'elle prenne si bien les choses.

Alors qu'elle avait l'impression qu'on venait de lui planter un poignard dans le cœur.

14

Comment en étaient-ils arrivés là ? se demanda Liam, abasourdi. Il savait que c'était sa faute mais, lorsque Jenny se leva et traversa la pièce pour aller chercher sa valise, la situation lui parut totalement hors de contrôle.

— Bon, maintenant qu'on a réglé l'essentiel, autant que j'aille à l'aéroport ce soir, tu ne crois pas ?

Sa voix était calme, alors que lui était en ébullition.

— Je prendrai une chambre d'hôtel et je serai prête à temps pour mon vol de demain. Tu pourrais m'appeler un taxi ? J'ai le numéro du service de transfert de l'aéroport qui m'a amené ici...

Il secoua la tête quand elle lui tendit la carte.

— Je vais demander à l'un de mes employés de te conduire. Ce sera plus sûr qu'un chauffeur inconnu sur cette route difficile.

Un instant plus tard, il était dehors, à la recherche d'un chauffeur.

Il n'avait même pas envisagé de l'emmener lui-même. Jenny l'aurait suggéré si elle l'avait voulu. Et puis, il ne se faisait pas entièrement confiance au volant en ce moment. Ses mains tremblaient encore.

Il avait besoin de se recentrer. De faire tous les exercices qu'il avait appris lors de sa première retraite et qu'il avait réservés pour les situations d'urgence absolue. La plupart du temps, il parvenait à se maîtriser grâce à sa seule volonté. Mais lorsque les choses allaient mal, il utilisait les techniques qui l'avaient sauvé la première fois.

Le fait qu'il en éprouve le besoin maintenant était certainement le signe qu'il prenait la bonne décision en la laissant partir. Car depuis l'accident, aucune autre femme ne l'avait ébranlé à ce point.

Pour la simple et bonne raison qu'il n'avait laissé personne s'approcher de lui !

Sa plus grande erreur, décida-t-il, avait été de l'accueillir. S'il ne l'avait pas fait, il n'aurait pas eu autant de mal à la repousser.

Mieux vaut maintenant que plus tard. Il faut limiter les dégâts...

Lorsqu'il revint à la cabane en lui annonçant que la voiture était prête, Jenny l'attendait devant la porte d'entrée, les doigts agrippés à la poignée de sa petite valise, son sac sur le dos. Elle avait quitté la tenue qu'elle portait plus tôt pour des vêtements de voyage plus confortables, et attaché ses cheveux en une simple queue-de-cheval.

Rien qu'en la regardant, Liam regrettait déjà ce dernier dîner, ou cette dernière nuit qu'ils ne partageraient pas. Mais s'il avait suggéré cela, aurait-il encore été capable de la laisser partir demain ?

Rien n'était moins sûr.

C'est mieux ainsi...

— C'est mon chef de chantier qui va t'emmener, dit-il d'une voix rauque. Il t'attend à l'entrée. Il doit aller en ville de toute façon...

Jenny s'avança d'un pas.

— Je suis prête.

Elle s'approcha et déposa un baiser sur sa joue.

— Merci pour cette belle semaine. Je suis heureuse que nous ayons pu passer ces deux dernières nuits ensemble mais, à partir de maintenant, je pense que nous pouvons gérer la plupart des questions par e-mail et par téléphone, n'est-ce pas ?

Liam se força à sourire.

— Bien sûr...

Elle comprenait pourquoi il désirait s'éloigner – à moins que ça ne l'arrange elle aussi ? À sa façon de réagir, il commençait à croire que c'était le cas.

Ils s'étaient bien amusés, mais cela n'avait été qu'une parenthèse et il était temps maintenant que chacun reprenne le cours de sa vie. Où était le problème, au fond ?

— Et maintenant, je vais te lâcher les baskets !

Elle rit, mais quelque chose dans son rire lui sembla peu naturel. Ou peut-être ne faisait-il que projeter ses propres émotions sur elle ?

Parce que même si c'était son choix, même s'il savait que c'était la bonne décision – la seule qu'il pouvait prendre, en fin de compte – il avait l'impression que son cœur s'était fendu à l'intérieur de sa poitrine.

L'hôtel était sombre et le hall vide, à l'exception d'une réceptionniste, lorsque Jenny arriva. Elle avait fait une réservation sur son téléphone, l'enregistrement fut donc rapide et facile. En un rien de temps, elle s'installa dans sa petite chambre, d'où l'on entendait décoller et atterrir les avions.

Elle posa sa valise sur le sol, puis son sac à dos, et s'assit sur le bord du lit. C'était confortable, au moins, mais elle savait qu'elle ne dormirait pas.

Si elle dormait, elle rêverait de Liam, or elle voulait le chasser de son esprit au plus vite. Elle avait des projets à réaliser. Tout ce qu'elle avait noté dans son carnet, sur la terrasse, ce matin-là, tout cela était dépassé maintenant. Elle avait imaginé son avenir avec Liam, qui aurait été son partenaire et… rien de plus, même si elle devait bien admettre que, dans le secret de son cœur, elle avait espéré qu'il serait aussi son amant.

Avec un soupir, elle se laissa tomber sur le lit.

Liam s'était éloigné d'elle, et elle ne pouvait pas lui en vouloir. De plus, il avait été très clair d'emblée, en déclarant qu'il rejetait tout ce qui ressemblait de près ou de loin à un engagement. Et elle s'était promis de ne rien exiger de lui.

Ils avaient tous les deux conscience qu'aucun d'entre eux n'était à la hauteur : il n'avait plus rien à offrir et elle ne pouvait pas lui faire confiance.

Elle savait par expérience qu'en se reposant trop sur les autres, on risquait d'être déçu et trahi. Et qu'une rupture nette était préférable à une relation bancale, qui l'aurait empêchée de se bâtir l'avenir auquel elle aspirait.

Se forçant à se concentrer sur la suite des événements plutôt que sur ce qu'elle avait laissé derrière elle dans la forêt tropicale, Jenny se leva pour prendre son carnet et son stylo, puis les cartes de tarot de sa grand-mère.

C'était peut-être pour cela qu'elle n'avait pas réussi à bien les lire, tout à l'heure. Parce qu'elle refusait de voir ce qui crevait pourtant les yeux : elle était en train de s'engager sur une voie qu'elle ne voulait pas suivre. Il n'était pas étonnant que le Quatre de bâton l'ait narguée !

Mais maintenant, elle y voyait plus clair, n'est-ce pas ?

Elle brancha la bouilloire de la chambre pour se préparer une tasse de thé puis s'installa sur la chaise, près de la baie vitrée qui donnait sur l'aéroport. Elle fixa longuement les lumières des avions dans le ciel nocturne, avant d'ouvrir son carnet et de commencer à lire.

Tout était là, écrit de sa main. Tout ce qu'elle avait espéré et rêvé pour Liam et leur enfant. La vie qu'elle avait cru, si brièvement, à sa portée.

Mais elle était déjà passée par là. Cette existence-là n'était pas pour elle, et elle devait profiter au maximum de la vie qu'elle avait. Ici et maintenant.

Sur une page vierge, elle établit une nouvelle liste.

À faire :

1) Parler à Winter du bébé.

Ce serait difficile. Sa patronne serait heureuse pour elle, elle en était sûre, mais ses émotions seraient sans doute contradictoires. Car il faudrait ensuite évoquer les aménagements possibles de son emploi du temps, puisqu'elle allait être parent solo…

2) Trouver un avocat.

Elle n'en avait jamais vraiment eu besoin auparavant, mais elle et Liam devaient parvenir à un arrangement sur la façon d'organiser cette co-parentalité. Elle ne voulait pas de l'argent de Liam, même s'il en avait à revendre. Elle subviendrait volontiers aux besoins et à l'éducation de son propre enfant et, d'une manière ou d'une autre, elle était persuadée qu'elle y parviendrait – après tout, elle avait la chance de travailler pour une célébrité, une position privilégiée par rapport à celle de beaucoup d'autres femmes.

Mais elle désirait des garanties. Si Liam disait qu'il ne

souhaitait pas faire partie de la vie du bébé, très bien. Elle pouvait l'accepter. Mais elle ne voulait pas qu'il change d'avis dans cinq ans et vienne alors les perturber, elle et son enfant, bouleversant leur équilibre

Un avocat l'aiderait à déterminer les règles à établir pour assurer une contribution équitable, si Liam était toujours d'accord pour participer – même si elle le soupçonnait de ne chercher qu'à apaiser sa culpabilité.

3) ...

Que dire de plus ? Il y avait une foule de choses à faire avant l'arrivée du bébé, elle en était sûre, mais tant qu'elle n'aurait pas réglé l'essentiel, il serait difficile d'avancer sur le reste. Beaucoup de choses dépendaient des décisions qu'ils prendraient au sujet de l'implication à distance de Liam, et de son propre travail.

Oui, il fallait commencer par là : mettre en place les bases avant d'aller plus loin.

Parfait.

Elle consulta sa montre. C'était le milieu de la nuit au Costa Rica, mais heureusement Winter se trouvait dans un fuseau horaire différent, et à Londres l'après-midi commençait.

Son téléphone à la main, elle réfléchit à ce qu'elle allait dire.

Winter, j'ai quelque chose d'important à t'annoncer. Pendant que nous étions en Islande, j'ai eu une aventure avec Liam Delaney et je suis tombée enceinte de lui. Je lui en ai parlé, et nous avons décidé ensemble qu'il valait mieux qu'il ne soit pas impliqué dans la vie du bébé, ni dans la mienne, même s'il dit qu'il veut contribuer financièrement. Quand nous serons toutes les deux de retour à Los Angeles, pourrons-nous discuter de l'aménagement de mon poste ? J'adore travailler pour toi et je ne souhaite pas partir, mais il faudra sans doute envisager quelques changements pour que tout cela fonctionne.

Cela paraissait raisonnable et cohérent, n'est-ce pas ? Mais Winter aurait des questions à poser. Elle entendait déjà la voix de sa patronne dans sa tête.

Jenny, es-tu amoureuse de Liam ?

Au moins, il était assez facile de répondre à cette question, pensa-t-elle en composant le numéro de Winter.

Bien sûr que non ! Nous avons passé de bons moments ensemble, et je l'apprécie et le respecte en tant que personne, mais une relation entre nous n'est pas envisageable.

Comment pourrait-elle être amoureuse de lui alors qu'elle venait de lui dire au revoir pour la deuxième fois ?

Pourtant, étrangement, elle se sentait abandonnée. Seule, encore. Comme si elle était tombée dans le même piège que la dernière fois. Elle avait l'impression qu'on lui avait arraché ce qu'elle avait de plus précieux, exactement comme quand Anthony était retourné auprès de sa femme et que sa famille l'avait reniée.

Elle avait mal, mais qui n'aurait pas souffert dans sa situation ?

Le téléphone commença à sonner, et Winter décrocha au bout de quelques instants.

— Jenny ? Tout va bien ? Je croyais que tu étais en vacances. Ce n'est pas le milieu de la nuit pour toi ?

Soudain, Jenny sentit la panique la gagner. Elle n'avait plus aucune idée de ce qu'il fallait dire, et le silence s'installa.

— Jenny ? demanda Winter, inquiète. Qu'est-ce qui se passe ?

C'est alors que Jenny se rendit compte que des larmes

coulaient sur son visage. Depuis combien de temps pleurait-elle ?

— Je suis tombée amoureuse de Liam Delaney ! lâcha-t-elle dans un sanglot.

15

L'important, Liam le savait, était de retrouver sa routine. Il avait besoin du rythme familier de ses journées, de faire des choses qui comptaient pour lui, pour se remettre sur les rails après le bouleversement qu'avait été la visite de Jenny.

Depuis l'accident, le fait de se fixer des objectifs lui avait permis d'avancer, de reprendre le fil de son existence, de vivre dans le présent plutôt que de regarder en arrière ou de paniquer à l'idée de ce que l'avenir pourrait lui réserver. C'est ce dont il avait besoin maintenant : être dans le présent.

Le lendemain matin, il se leva donc à l'heure habituelle, même s'il n'avait pas vraiment bien dormi. Il fit ses exercices quotidiens sur le balcon, enveloppé par les sons de la forêt tropicale. Il déjeuna de fruits et de toasts, et but ses deux tasses de café en lisant les nouvelles sur sa tablette, comme d'habitude.

Puis il leva les yeux, s'attendant à entendre Jenny le questionner sur leurs projets pour la journée, et il sentit son cœur sombrer en réalisant qu'elle n'était pas là.

Qu'elle ne serait plus jamais là. Parce qu'il l'avait renvoyée.

C'est mieux ainsi, se rappela-t-il, avant d'aller se doucher et de partir au travail.

Sur le chantier, il n'avait pas trop de mal à s'occuper, et

à chasser Jenny et le bébé de son esprit. Les soirées étaient un peu plus difficiles, mais il avait trouvé des moyens de se distraire. Après tout, il avait l'habitude.

Et si ses collaborateurs le trouvaient grincheux et moins bavard que d'ordinaire, ils ne protestaient pas – même si les regards inquiets qu'ils lui lançaient en disaient long.

Josh avait appelé plusieurs fois depuis le départ de Jenny, ce qui signifiait qu'elle avait tout raconté à Winter. Il ne pouvait pas en être sûr, puisqu'il n'avait pas décroché le téléphone, ni écouté ses messages. Pas plus qu'il n'avait lu ses textos. Il se connaissait, il savait gérer les crises. Il avait besoin de prendre du recul par rapport aux événements, et ensuite seulement il était en mesure d'aller de l'avant.

Mais il ne fallait pas mettre sur le même plan ses difficultés avec Jenny et le genre de traumatisme destructeur qu'il avait vécu dans le passé. Ce n'était évidemment pas la même chose, ce qui ne signifiait pas que la perte qu'il venait de subir était sans conséquences. Mais les souvenirs venaient se mêler au moment présent, et pour l'instant, il s'agissait d'éviter de se laisser submerger.

Son chef de chantier eut l'air sincèrement soulagé lorsque, après l'avoir évité pendant presque une semaine, Liam décida de partir dans la forêt tropicale pour rendre visite à des fournisseurs potentiels. Il se rendit d'abord au studio de yoga des sources chaudes, où Selena l'accueillit avec un sourire chaleureux et un ventre délicatement arrondi.

— Liam ! Jenny n'est pas avec toi aujourd'hui ? J'aurais voulu comparer nos petits bidons…

Quand elle jeta ses bras autour de lui pour une étreinte chaleureuse, il sentit le léger renflement de son ventre et sa gorge se serra.

Il s'écarta un peu trop vite.

— Félicitations ! Tu étais plus mince la dernière fois que je t'ai rendu visite, non ?

Elle éclata de rire.

— La dernière fois, je portais un chemisier ample, c'est pour ça !

— Félicitations. À toi et à Gaël.

— Tu l'as déjà dit...

Selena lui jeta un regard perplexe.

— Tout va bien ? Quand Jenny rentre-t-elle de Los Angeles ?

— Elle ne reviendra pas.

Il valait mieux faire face, dire la vérité pour que tout le monde puisse passer à autre chose, comme lui.

— Nous ne sommes plus ensemble.

— Mais son bébé...

— Ce sera son bébé... Bon, si on parlait affaires, maintenant ?

Si elle nota le brusque changement de sujet, Selena n'en laissa rien paraître, et acquiesça docilement.

Après une heure de discussion, ils avaient établi un planning de cours de yoga pour l'hôtel, et Selena lui avait proposé une remplaçante pour les mois qui précéderaient l'accouchement.

— Je pense que tout va bien se passer.

Liam se leva et tendit la main à Selena pour qu'elle la serre mais, au lieu de cela, elle la saisit dans les deux siennes et l'attira près d'elle.

Se hissant sur la pointe des pieds, elle lui chuchota à l'oreille :

— Tu sais que tu peux être heureux, Liam. Il suffit de le décider.

Une fois encore, il éluda.

— On se verra le mois prochain, alors...

De retour dans le 4x4, il resta de longues minutes les yeux

dans le vague, avant de poser les mains sur le volant et de démarrer pour se rendre à son prochain rendez-vous.

Heureusement, pensa-t-il en s'arrêtant devant le café, il n'était jamais venu ici avec Jenny. Il n'aurait pas de souvenirs d'elle lui souriant au soleil, et personne ne lui poserait de questions sur leur relation.

Il claqua la portière de la voiture derrière lui, attirant l'attention des clients assis à la terrasse, et entra dans le café.

Raúl, le patron, l'accueillit avec chaleur.

— Liam ! Viens goûter ce nouveau mélange ! lança-t-il en lui faisant signe de s'approcher du comptoir.

Dans l'arrière-boutique, Liam vit des visiteurs occupés à torréfier leurs propres grains et à tester divers crus de café. Jenny aurait adoré cela, si elle n'avait pas été enceinte. Si elle revenait, après la naissance du bébé, il...

Il chassa bien vite ces pensées importunes. Elle ne reviendrait pas ici. Jamais. Et c'était une bonne chose.

Le nouveau café était délicieux, et Liam discuta un moment avec Raúl. Il aimait travailler avec des entreprises locales lorsqu'il créait un nouveau lieu, et il était heureux de penser que son établissement aiderait Raúl et sa famille à poursuivre leurs activités.

— Papa !

Un petit garçon surgit de derrière le comptoir et s'accrocha aux jambes de Raúl, assis sur un tabouret haut.

— Santiago, je te présente mon ami Liam, déclara Raúl avec douceur. Tu veux lui dire bonjour ?

Le garçon jeta un coup d'œil entre les jambes de son père, puis secoua la tête.

Raúl éclata de rire, et même Liam réussit à esquisser un sourire.

— Bon, d'accord. Je crois que maman te cherche, de toute façon, ajouta-t-il.

Tout à coup, Liam aperçut Maria, la femme de Raúl, qui se précipitait vers eux. Ses cheveux noirs tombaient en vagues souples sur ses épaules, et ses yeux brillaient comme des diamants. Mais ce que Liam remarqua surtout, c'est le petit ventre qui commençait à pointer sous sa robe.

Pourquoi toutes les femmes autour de lui étaient-elles donc enceintes, d'un seul coup ?

Avant que Maria emmène Santiago, Raúl l'embrassa, sa main s'attardant sur son ventre, et Liam détourna le regard.

— Encore quelques mois et nous serons quatre, et non plus trois ! lança Raúl. Ce sera le chaos.

Liam sourit, et leva sa tasse de café pour porter un toast.

— Félicitations !

— Merci. Nous sommes très heureux !

— Et ça se voit.

Même s'il était incapable de comprendre. Comment Raúl parvenait-il à accepter une telle incertitude ? Il y avait tant de choses qui pouvaient mal tourner, à chaque instant. Certes, il aimait sa femme et ses enfants... et s'il les perdait ?

Liam savait le courage qu'il fallait pour prendre un tel risque. Et, bien qu'il admire son ami d'être capable de tenter cette aventure, il n'était pas sûr de saisir comment il pouvait s'en réjouir.

— Tu ne t'inquiètes pas pour eux ?

Liam regretta aussitôt sa question, qu'il avait posée sans réfléchir, mais Raúl lui jeta un regard complice qui le surprit.

— À chaque instant, avoua-t-il, soudain grave.

— Mais tu prends le risque quand même, dit Liam. Pourquoi ?

Raúl haussa les épaules.

— Je les aime trop pour imaginer vivre sans eux. Et puis, je sais à quel point ma vie serait triste, alors.

— Tu aurais toujours ton entreprise. Ton travail.

— Mais c'est pour ma famille que je travaille ! répondit Raúl avec un large sourire. Ce sont ceux que nous aimons –notre famille, nos amis, nos voisins – qui donnent un sens à notre existence, tu ne crois pas ? Et tout le reste, bien sûr !

Comme un groupe de touristes arrivaient, Raúl quitta son tabouret pour aller les accueillir, laissant Liam seul avec ses pensées. Et c'était tant mieux, car il avait l'impression d'en avoir beaucoup trop, tout d'un coup.

Qu'il était bon de reprendre le travail ! songea Jenny en observant l'agitation qui régnait sur le plateau de tournage. Tout cela la distrayait et l'aidait à oublier ce qu'elle venait de vivre au Costa Rica.

Ce qui ne voulait pas dire qu'elle ne se souciait pas de l'avenir. Bien au contraire.

Winter s'était montrée très compréhensive, et lui avait tout de suite apporté son soutien. En quelques jours, Jenny avait trouvé un avocat spécialisé dans les conflits familiaux, des recommandations pour trois des meilleures crèches de la ville, ainsi que les coordonnées de deux excellentes nounous qu'il lui restait à rencontrer.

Winter s'était mis en tête d'embaucher une assistante.

« Tu fais déjà le travail de trois personnes ! avait-elle souligné. Si quelqu'un d'autre s'occupe des tâches administratives, tu pourras te concentrer sur ce que toi seule peux faire, comme gérer ma carrière et celle de Josh, par exemple ! »

Jenny avait souri. Cela ressemblait à une promotion.

Maintenant qu'elle avait des projets concrets, qu'elle commençait à s'organiser, elle se sentait plus détendue. Malheureusement, lorsqu'elle n'était pas accaparée par son travail, elle avait le temps de penser... à Liam.

Or elle s'était imposé comme règle de ne plus penser à lui, et elle avait demandé à Winter et Josh de ne pas parler de lui non plus, du moins pendant quelque temps. Ses hormones étaient déjà assez dérangées comme ça par la grossesse !

Elle se doutait que Josh avait essayé de contacter Liam après que Winter lui eut annoncé la nouvelle. Elle avait appris que Josh pouvait parfois se montrer protecteur, mais s'il avait parlé à son ami, il ne lui en avait rien dit.

Qu'y avait-il à dire, d'ailleurs ?

Elle était seule pour élever leur enfant, désormais, et elle ne le reverrait probablement jamais. Il enverrait des chèques pour subvenir aux besoins de l'enfant, rien de plus.

Et cela ne la dérangeait pas. Vraiment pas.

En dehors du fait qu'elle était follement amoureuse de lui et que son cœur souffrait chaque jour de la séparation !

Mais ce qui était fait était fait, et elle avait trop de fierté pour essayer de convaincre un homme de changer pour elle. Elle s'y était déjà employée, et cela l'avait menée à sa perte. Plus jamais elle ne supplierait un homme de rester, plus jamais.

Liam avait été honnête sur ce qu'il pouvait lui offrir, et l'amour n'en faisait pas partie. Alors, quel droit avait-elle de le demander ?

Avec un soupir, elle se força à se concentrer sur l'activité qui se déroulait autour d'elle. Josh et Winter jouaient dans leur premier film ensemble depuis leur réconciliation, et c'était merveilleux de les voir. Josh avait déjà été choisi pour incarner le héros romantique du film mais, lorsque l'actrice qui avait été recrutée à l'origine avait dû se désister, c'est Winter qui l'avait remplacée, suscitant la plus grande curiosité des tabloïds, qui n'attendaient qu'une chose : commenter leur retour à l'écran.

Demandes d'interviews, séances photo, autographes… La presse et le public étaient insatiables. Bien que le film ait évidemment sa propre équipe de publicité et que Winter ait engagé elle-même des professionnels, elle aimait que Jenny examine personnellement les sollicitations et choisisse celles qu'elle jugeait les mieux adaptées à l'image que Winter essayait de projeter.

Jenny disposait d'informations très détaillées sur tous les journalistes qui avaient parlé à Winter, tous les photographes qui l'avaient prise en photo, ainsi que des notes concernant leurs articles. Ceux qui s'étaient montrés malveillants envers elle au moment de sa rupture avec Josh étaient systématiquement écartés.

Alors qu'elle notait un ou deux points à discuter avec Winter, un silence de l'autre côté du plateau attira son attention, suivi d'une grande agitation. Que se passait-il ?

Jenny se leva pour mieux voir… et aperçut alors une tête brune et familière qui traversait la foule rassemblée derrière les caméras.

Liam.

16

Cela faisait cinq ans que Liam n'avait pas mis les pieds sur un plateau de tournage. Il avait perdu l'habitude de l'agitation, du bruit, des lumières et des caméras, et cette ambiance était à mille lieues de l'existence qu'il menait dans la forêt tropicale, ces derniers temps.

Assailli par les souvenirs de sa vie d'avant, il respira profondément et se rappela pourquoi il était là. Il avait un objectif, un seul, et il comptait bien l'atteindre. Il en allait de son avenir, de sa vie tout entière.

Il n'avait pas eu de mal à entrer sur ce plateau. Il avait apaisé les craintes de Josh en lui promettant de tout lui expliquer *après* avoir parlé à Jenny, et les portes s'étaient ouvertes. Restait maintenant à affronter la curiosité des gens…

Il sentait tous les regards braqués sur lui alors qu'il enfonçait ses mains dans ses poches et traversait le studio d'un pas aussi nonchalant que possible. Il avait déjà été acteur. Il pouvait au moins *faire comme si* rien de tout cela ne le dérangeait, même si, en vérité, son cœur battait la chamade.

C'est alors qu'il aperçut Jenny, qui regardait dans sa direction, cherchant sans doute la cause de toute cette agitation. Ses cheveux étaient relevés en une queue-de-cheval dont s'échappaient quelques mèches rebelles, et elle avait un stylo derrière l'oreille. Sa grossesse ne se voyait pas, mais Liam remarqua qu'elle portait un haut plus ample et plus fluide que ceux qu'elle affectionnait d'ordinaire.

Il s'arrêta un instant pour la regarder, ému aux larmes...

C'est alors qu'on le saisit fermement par le bras pour l'entraîner à l'écart. Winter !

Il tenta sans succès de se libérer de l'emprise de la jeune femme.

— Winter ! Qu'est-ce que tu fais ?

— Je t'empêche d'aggraver les choses !

Elle l'entraîna vers sa loge et le poussa à l'intérieur.

— Josh sait-il que tu es ici ?

— Euh...

Liam se demanda si le fait de trahir son ami aggraverait ou améliorerait son cas.

— C'est lui qui t'a fait entrer, n'est-ce pas ? insista Winter, furieuse.

Elle serra les poings.

— Oh ! je vais le *tuer* !

— S'il te plaît, ne fais pas ça, dit Liam en souriant malgré lui. Jenny et moi nous sommes donné beaucoup de mal pour vous réconcilier, en Islande. Le tuer ruinerait cet effort.

— Parce que tu prétends nous avoir réconciliés, peut-être ? Quelle arrogance !

Winter s'approcha d'un pas, les yeux luisants de rage.

— Comme si tu connaissais quoi que ce soit à l'amour ! Si c'était le cas...

Elle s'interrompit et Liam attendit, curieux de voir si elle irait jusqu'au bout de sa pensée.

Comme elle ne le faisait pas, il murmura :

— Et si j'étais justement en train d'apprendre ?

Ses yeux s'écarquillèrent et elle s'approcha plus près encore.

— Liam, dit-elle d'un ton radouci, je préférerais parler à Jenny de ta présence avant de te laisser aller plus loin, si tu es d'accord.

— Très bien, finissons-en, alors !

— Finir quoi ?

Tous les muscles de son corps se tendirent, et il eut l'impression que son cœur allait jaillir de sa poitrine.

Jenny...

Sur le pas de la porte, Jenny s'efforçait de ne pas laisser transparaître l'émotion qui s'était emparée d'elle.

— Tu veux que je reste ? demanda Winter tandis que Jenny s'approchait.

Jenny secoua la tête.

— Inutile, je m'en occupe.

Du moins l'espérait-elle... Le simple fait de revoir Liam, de respirer le même air que lui, de le regarder bouger, la bouleversait.

Les hormones. C'est la faute des hormones.

Mais elle savait qu'il ne s'agissait pas seulement de cela. Quand Liam Delaney était quelque part, elle ne pouvait pas regarder ailleurs. Elle ne pouvait *penser* à rien ni personne d'autre.

C'est pour cela qu'il devait partir au plus vite.

Winter s'éloigna, ce que Jenny apprécia, car elle avait des choses personnelles à dire à Liam. Ensuite, il repartirait et elle pourrait aller pleurer dix minutes avant de se remettre au travail.

C'était son plan, et elle avait l'intention de le suivre à la lettre.

— Liam, si tu es ici pour changer d'avis, pour renégocier

notre accord concernant le bébé, tu perds ton temps, dit-elle sans préambule. Je ne me laisserai pas faire comme ça !

— Je sais..., commença-t-il.

— Je t'ai donné tout ce que tu voulais, le coupa-t-elle, maintenant c'est à ton tour de me donner quelque chose. Puisque tu es venu jusqu'ici, je veux que tu rencontres mon avocat et que tu me cèdes tous tes droits parentaux, comme nous l'étions convenus. Comme ça, les choses seront claires, et je serai sûre de ce que l'avenir me réserve.

— Personne n'en est jamais sûr, Jenny.

Sa voix grave résonna intimement en elle, et elle se rappela soudain tous les mots interdits qu'il lui avait murmurés lors de leurs nuits torrides...

Elle se ressaisit tandis qu'il reprenait la parole.

— Fais-moi confiance. J'ai passé les cinq dernières années à me protéger de tout, et puis tu es arrivée et tu as tout bouleversé en moins d'une semaine.

— Je suis vraiment désolée si un problème de préservatif a gâché ta vie, Liam, mais...

— Ce n'est pas ce que je voulais dire, Jenny...

Pourquoi souriait-il ? Ne devrait-il pas être en colère contre elle ? Elle ne pouvait pas supporter son sourire. Pas aujourd'hui.

— S'il te plaît, dis-moi ce que tu as à me dire et finissons-en !

Elle avait besoin de sortir d'ici. De s'éloigner de lui.

Elle devait se remettre au travail et se concentrer sur l'avenir qu'elle construisait pour elle et son bébé. Un avenir sans Liam Delaney.

Il tendit la main vers elle, mais elle s'écarta. S'il la touchait, elle n'était pas sûre de pouvoir garder son sang-froid.

— Je ne peux pas t'offrir une vision parfaite de l'avenir,

Jenny, énonça-t-il doucement. Mais si tu me donnes dix minutes, je te dirai tout ce que je sais.

Quelque chose dans ses yeux qui ressemblait à de l'espoir lui fit hocher la tête malgré elle. C'était peut-être une énorme erreur, mais résister était au-dessus de sa volonté.

Jenny ferma la porte de la loge derrière eux et s'y adossa, tout en lui faisant signe de s'asseoir. Elle se ménageait une échappatoire...

— Parle-moi, lui lança-t-elle. Pourquoi es-tu venu à Los Angeles ?

— Parce que j'ai réalisé après ton départ qu'il était déjà trop tard.

— Trop tard ? Je ne comprends pas.

Il tenta de rassembler ses pensées, de se souvenir de toutes les paroles qu'il avait décidé de prononcer, dans l'avion, et qui s'étaient envolées dès qu'il avait posé les yeux sur elle.

— Je t'ai repoussée parce que j'essayais de me protéger, finit-il par dire, la voix hachée. Après avoir perdu Julie et le bébé, j'ai cru que j'avais tout perdu. Il m'a fallu tellement de temps pour me reconstruire ! J'ai pensé que le seul moyen d'éviter d'avoir à nouveau le cœur brisé était de m'assurer de ne plus jamais tomber amoureux. De ne plus jamais aimer qui que ce soit qui puisse m'être enlevé.

— Je peux comprendre cela, répondit-elle avec douceur, car je me suis longtemps protégée, moi aussi.

Il leva vivement les yeux, rencontra son regard, et se demanda si quelque chose avait changé depuis qu'ils s'étaient fait leurs adieux. Si le temps passé loin de lui avait modifié l'opinion qu'elle avait de lui. Si elle était prête à lui donner, à lui, à eux, une seconde chance.

— Quand tu as glissé, sur la passerelle, dit-il soudain, je crois que j'ai su, à ce moment-là, mais j'étais trop effrayé pour réfléchir. Tellement *terrifié* à l'idée de vous perdre, toi et le bébé, que je…

— Tu m'as repoussée. Renvoyée chez moi.

— Oui. Parce que j'ai pensé que si je ne faisais pas partie de ta vie, tu serais plus en sécurité. Et que si tu ne faisais pas partie de la mienne, je pourrais continuer à mener l'existence tranquille et sans risques que j'avais vécue les cinq dernières années.

Jenny s'éloigna de la porte et fit un pas vers lui.

— Qu'est-ce qui a changé, alors, selon toi ?

— Moi, répondit-il. Quand tu es partie… ma vie d'avant m'a paru bien fade, tout à coup. Et vide. Tu me manquais, et je n'avais pas envie de renoncer à l'avenir dont nous avions parlé ensemble…

Ses yeux brûlaient de larmes non versées tandis que Jenny se rapprochait à nouveau. Adossée à la petite table en face de lui, elle prit sa main dans la sienne.

— J'ai réalisé que vivre en sachant que toi et notre enfant étiez loin de moi, la perspective de ne pas pouvoir vous aimer, vous chérir, vous célébrer comme vous le méritez tous les deux… serait bien pire que n'importe quelle autre existence. Pire que l'enfer.

Jenny le regarda en clignant des yeux.

— Tu crois que… tu m'aimes ?

— De tout mon cœur. Toi et notre bébé.

Elle détourna le regard et il serra sa main pour lui faire comprendre qu'il n'avait pas encore fini.

— Je ne peux pas te dire ce que l'avenir te réserve, et je ne peux pas te faire de promesses à ce sujet parce que je sais trop bien que tout est susceptible de changer en un clin d'œil. Mais je peux te donner mon cœur, parce qu'il t'appartient et qu'il appartient à notre enfant.

Il prit une profonde inspiration, afin de trouver le courage de prononcer les mots les plus effrayants qu'il ait jamais eus à prononcer.

— Alors si tu veux toujours de moi, je suis partant pour tenter cette aventure. Et je ne veux pas seulement être un co-parent, mais fonder une famille, une vraie. Parce que j'ai décidé de m'autoriser à vous aimer, toi et notre enfant, autant et aussi longtemps que je le pourrai... jusqu'à mon dernier souffle.

Les paroles de Liam agirent comme un baume sur son cœur meurtri. Mais en même temps, elles suscitèrent de l'inquiétude en elle car, alors qu'elle pensait avoir planifié son avenir, il chamboulait tout à nouveau...

Bouleversée par cet aveu qu'elle attendait depuis longtemps dans le secret de son cœur, Jenny le regarda.

Il l'aimait ! Elle en était certaine, maintenant. Et elle l'aimait aussi. Elle l'aimait tellement que son cœur en avait souffert, ces derniers temps, et le fait de savoir qu'il avait ressenti la même chose apaisait cette douleur.

Il avait raison, il ne pouvait pas faire de promesses concernant l'avenir. Personne ne le pouvait, d'ailleurs. Et tout comme lui, elle avait travaillé si dur pour que l'histoire ne se répète pas qu'elle l'avait fui au premier signal d'alerte... Elle avait érigé autour d'elle tous ces murs qu'elle n'avait commencé à faire tomber qu'après avoir trouvé sa place à Los Angeles.

Après l'avoir rencontré, en Islande.

Le fait de s'engager avec Liam, même dans le cadre d'une relation purement physique, l'avait mise sur la voie de la guérison, elle s'en rendait compte maintenant. Réaliser qu'elle pouvait avoir du plaisir, s'amuser et même être heureuse lui avait redonné confiance en la vie, en l'avenir, et surtout en elle-même. Mais ce n'est qu'au Costa Rica, lorsqu'elle avait passé du temps avec lui, qu'elle avait appris à le connaître vraiment, qu'elle avait vu clair dans son cœur et dans son âme.

C'est à ce moment-là qu'elle était tombée amoureuse.

— Tu as raison, dit-elle d'une voix rauque, brisant le silence qui s'était installé dans la loge. Tu ne peux rien me promettre, ni me dire de quoi demain sera fait. Personne ne le peut, pas même les cartes de tarot de grand-mère. L'avenir sera toujours incertain. Il y aura toujours une part de risque qu'il faut assumer.

— Jenny...

Elle leva la main pour le faire taire. Elle n'en avait pas encore terminé.

— Mais revenir à Los Angeles sans toi m'a appris que le bonheur valait parfois la peine qu'on prenne des risques. La vie que nous pourrions construire ensemble avec notre enfant est tout ce qui compte pour moi. Et je suis curieuse de découvrir la suite de l'histoire...

Peut-être pourrait-elle supporter quelques surprises avec Liam à ses côtés. Si elle savait pour quoi, pour qui elle se battait malgré toutes les vicissitudes de l'existence : l'homme qu'elle aimait, et leur enfant.

— Tu veux dire...

Il s'interrompit, comme s'il avait peur de prononcer les paroles qui allaient suivre.

Debout face à lui, Jenny lui prit la main, puis lui sourit.

— Je veux dire... Je sais que tu as peur de l'avenir. Et nous avons tous les deux de bonnes raisons d'être prudents car l'amour peut faire mal. Mais... il est peut-être temps d'avoir peur *ensemble.* Qu'en penses-tu ?

Liam lui rendit son sourire.

— J'en pense que, main dans la main, nous pouvons tout affronter.

Alors qu'il l'embrassait, Jenny entendit un cri de joie étouffé provenant de l'extérieur de la loge et réalisa que Winter avait probablement écouté toute leur conversation, et s'apprêtait sans doute déjà à préparer leur mariage.

Mais Liam approfondit son baiser, et elle oublia tout, sauf l'avenir merveilleux qu'elle allait construire avec l'homme qu'elle aimait.

Épilogue

Quelque part dans les arbres, un singe hurleur les saluait à sa manière. Liam sourit à cet appel, tandis que son témoin sursautait et regardait autour de lui dans l'espoir d'apercevoir le coupable.

— Qu'est-ce que c'était ? demanda Josh, inquiet.

— Un singe, dit Liam. Pas de quoi s'affoler.

Comme Josh continuait d'observer nerveusement les environs, Liam songea que, pour un Américain habitué aux grandes plaines et aux villes tentaculaires, le feuillage dense et les animaux de la forêt tropicale du Costa Rica avaient de quoi surprendre.

Les cabanes dans les arbres qui faisaient tout le charme de son complexe hôtelier étaient construites, maintenant. Des escaliers en bois s'enroulaient autour des troncs d'arbre, menant à des espaces luxueux dans la canopée, où l'on pouvait se détendre, réfléchir et se reconnecter avec la nature.

Aujourd'hui, les balcons étaient couverts de banderoles et de rubans, et la clairière était remplie non pas de touristes mais d'amis et de membres de la famille.

Seule Jenny manquait à l'appel.

Liam tendit le cou, cherchant sa fiancée, tandis que Josh déclarait :

— Le Costa Rica est un pays incroyable ! Tu sais, lorsque Winter m'a accordé une seconde chance, c'était plus que ce que je pensais mériter, plus que ce que je croyais possible. Quant à toi, tu as toujours été si catégorique sur le fait que tu ne voulais pas refaire ta vie, fonder une famille, que... j'avais fini par perdre espoir. As-tu seulement imaginé la scène que nous sommes en train de vivre ?

Soudain, entre les arbres, Winter apparut dans une robe orange, et les invités commencèrent à s'installer pour la cérémonie. Un air de musique s'éleva dans la jungle et Liam sentit les battements de son cœur s'accélérer, les yeux fixés sur la clairière...

Jenny...

Elle s'avança dans la lumière du soleil, dans une superbe robe blanche décolletée qui épousait ses courbes voluptueuses... Ses cheveux blonds étaient coiffés en un sage chignon sur sa nuque, ses lèvres peintes d'un rouge rosé, et elle lui souriait tandis qu'elle marchait dans l'allée, suivie de près par Winter.

Au lieu du traditionnel bouquet, elle tenait leur petite fille sur sa hanche, dont les yeux curieux brillaient comme des étoiles. Liam les regarda s'approcher, le cœur débordant d'amour, avant de se rappeler que son témoin lui avait posé une question.

Une question qui méritait une réponse.

— Je n'ai jamais pensé un seul instant que je pourrais avoir autant de chance, dit-il alors que Jenny passait le bébé à Winter et franchissait seule les deux marches qui la séparaient de l'estrade où ils prononceraient leurs vœux. Mais la vie nous réserve parfois de bonnes surprises, n'est-ce pas ?

Vous avez aimé ce roman ?
Repartez à l'aventure avec Sophie Pembroke
et son précédent roman, disponible en numérique :
Tentation islandaise